나에게 와줘서, 정말 고마워

개 에 게 · 듣 는 · 멋 진 · 이 야 기

나에게 와줘서, 정말 고마워

Wherever you are, I will always be with you

| 야마구치 하나 지음 | 오나영 옮김 |

청림Life

지금 네가 무슨 생각을 하는지
나는 금방 알 수 있단다.

너의 마음과 나의 마음이
서로를 생각하는 두 마음이 만날 때,
어떤 일이라도 우리는 서로 이해할 수 있으니까.

무슨 말이 필요하겠니?
앞으로도 언제나 함께 할 수 있기를…….

십여 년 전만 해도 개는 그저 '집 지킴이'의 역할을 담당할 뿐이었다. 현관 앞에서 줄에 묶인 채, 낯선 사람이 오면 큰 소리로 짖어서 주인에게 손님이 왔음을 알려주는 일을 해온 것이다. 그들의 밥이라는 것도 우리가 먹고 남은 밥에 국 국물을 부어주면 끝. 그때는 '기르는 개'라고 해도, 개는 단순히 '사육의 존재'였다.

그러나 현재에 이르러서는 대형견조차도 실내에서 기르는 경우가 많다. 개 주인을 비롯해 그 가족들과 매일 살을 맞대며 행복한 생활을 하는 반려견들. 이제는 '애견'으로서도 '기르는 개'로서도 아닌, 소중한 가족의 일원으로 각각의 가정에서 따뜻하게 맞아들이고 있다. 반려견을 키울 수 있는 아파트, 반려견과 묵을 수 있는 호텔, 반려견을 위한 병원과 미용실의 증가라는 사회 변화도 이런 세태를 반영하는 모습이라 할 수 있을 것이다.

우리는 개에게도 인간과 같은 다채로운 감정이 있음을 인정하고, 반려견을 우리 삶의 가장 가까운 파트너로서 소중히 대하게 된 것이다.

반려견은 우리와 함께 기뻐하고 슬퍼하면서 삶의 기쁨을 전해주는 무엇과도 바꿀 수 없는 유일무이한 존재다. 저마다 다른 사람들과 그들의 반려견은 그 만남에서부터 삶의 방식, 생활습관까지 모두 다르다. 혼자 사는 노인의 말벗이 되어주는 개, 치매 가족의 위안이 되어주는 개, 내 아이와 형제처럼 자라는 개……, 모두 가족이라는 끈으로 연결되어 있다. 그 끈이 함께 살아가고 한 발 앞으로 나아가게 하는 의지와 용기를 심어주고 있는 것이다.

이 책은 취재를 통해 하나하나 수집해온 감동적인 '주인과 반려견 사이에 이어진 끈의 모습'을 14편의 에피소드로 엮은 것이다. 제1장은 주인이 반려견에게 보내는 이야기이고, 제2장은 반려견이 주인에게 보내는 이야기이다.

 이 책을 읽는 모든 분들의 마음에 따뜻하고 행복한 기분이 전해질 수 있다면, 저자로서 그 이상의 기쁨은 없을 것이다. 독자 여러분도 사랑하는 반려견과 지금까지 지내온 것보다 더 단단한 행복의 끈을 만들어가시길 바란다.

2012년 12월

화창하고 햇살 따뜻한 날에

야마구치 하나

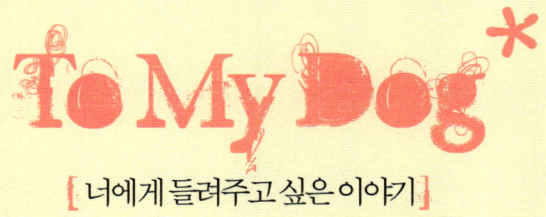

To My Dog

[너에게 들려주고 싶은 이야기]

무슨 말이 필요하겠니?
네가 곁에 있어주는 것만으로
나는 힘이 나는 걸.
네가 기뻐하는 모습을 보는 것만으로
나는 행복해지는 걸.

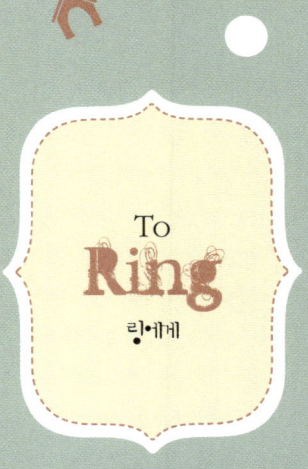

To
Ring

링에게

나에게 와줘서,
정말 고마워

학교 친구들은 아무 이유없이 나를 괴롭혔다.
하지만 엄마, 아빠에게 아무 말도 할 수 없었다.
괴롭고 외로웠다.
그러던 어느 날, 링을 만났다.
나에게 용기를 가르쳐준 진정한 내 친구. 링

＊ ＊ ＊

처음부터 나는 같은 반 아이들과 잘 어울리지 못했다. 원래 말수가 적은 편이기도 했고, 소극적인 성격 때문에 아이들에게 먼저 다가가기 힘들었다.

그러던 어느 날부터 아이들이 나를 노골적으로 무시하기 시작했다. 무엇이 잘못된 것일까. 아무리 생각해 보아도 이유를 알 수 없었다. 학교에서 나는 항상 혼자였다. 학교에는 이야기를 나눌 수 있는 친구가 단 한 명도 없었다. 아무도 나에게 말을 걸지 않았고, 나 역시 나를 외면하는 친구들에게 쉽사리 말을 건넬 수 없었다. 이런 일상이 계속되면서 나는 간단한 말 한 마디조차 제대로 하지 못하는 아이가 되어가고 있었다.

괴로웠다. 학교에 가기가 죽기보다 싫었다. 하지만 아무 방법도 찾을 수 없었고, 나는 하루하루를 견디며 지내는 수밖에 없었다.

출구가 없는 어두운 터널에 갇힌 심정이었다. 빛은 보이지 않았고, 막막하기만 했다. 그리고 나를 향한 반 아이들의 괴롭힘은 점점 심해져만 갔다.

"더러워."

"저리 가!"

반 아이들 모두가 나를 마치 더러운 쓰레기 보듯 쳐다봤다. 나는 아이들의 차가운 시선과 매몰찬 말이 두려워 내 자리에서 일어설 수조차 없었다.

집에 돌아와도 마음은 조금도 편해지지 않았다. 학교에서 있었던 일들이 떠올라 가슴이 조여왔지만 눈물조차 나오지 않았다.

나날이 말수가 줄고, 작은 일에도 버럭 화를 내는 나에게 엄마는 조심스레 물었다.

"어디 아픈 데라도 있는 거니?"

하지만 엄마의 걱정스런 말에도 화가 치밀었다. 나는 이렇게 괴로운데 아무것도 모르는 엄마에게 화가 났던 것일까? 아니, 엄마에게 화가 난 것이 아니다. 나 자신에 대한 분노였다. 바보처럼 아무 말도 하지 못하는 나에게 너무나 화가 났다.

"엄마, 애들이 나를 괴롭혀."

그 한 마디가 입에서 나오질 않았다. 내가 아이들에게 괴롭힘이나 당하는 '약하고 별 볼일 없는 인간'이라는 걸 부모님에게 들키기 싫었다. 내가 그 말을 꺼냈을 때 부모님이 나를 어떻게 생각할지, 얼마나 실망할지 걱정스러웠다. 그래서 나는 아무 말도 할 수 없었다. 어느덧 나는 부모님과도 이야기를 나누지 못하는 아이가 되었다.

10월의 어느 날, 차가운 가을비가 내리던 날 나는 한 마리 작은 강아지와 만났다. 내일은 학교를 가지 않는다는 생각에 조금은 마음이 편한 금요일 하굣길이었다.

상점이 늘어선 거리 한 구석에 작은 상자가 버려져 있었다. 우산 위에 떨어지는 빗방울 소리를 들으며 걷다가 우연히 그 작은 상자를 발견했다. 그 안에는 비에 흠뻑 젖은 강아지가 울지도 못하고 바들바들 떨고 있었다. 언뜻 봐도 병든 게 분명한 작은 강아지.

수많은 사람들이 그 앞을 지나쳐 갔다. 모두가 못 본 척 아무렇지 않은 듯이…… 누군가의 도움이 절실한 그 불쌍한 강아지를 보고도 아무도 발걸음을 멈추지 않았다. 분명히 그곳에 있는데, 마치 아무것도 없는 것처럼 사람들은 그냥 지나쳐 갔다.

'나 같아……'

나는 그 작은 강아지에게 더 다가가지도, 그렇다고 다른 사람들처럼 그냥 지나쳐가지도 못한 채, 한참을 그렇게 서서 바라보고 있었다. 그때 남자 아이들 몇 명이 강아지에게 다가갔다.

"에이~ 더러운 강아지~!"

"야, 만지지 마. 그러다 병 옮는다!"

한 남자 아이가 실실 웃으며 말했다. 그리고 다른 한 아이가 상자를 툭툭 발로 찼다. 그때 내 안에서 무언가가 크게 꿈틀거렸다. 뜨겁고 무거운 무언가가 목구멍으로 치밀어 올라왔다.

그리고 정신을 차렸을 땐, 나는 그 작은 강아지를 품에 안고 집으로 달려가고 있었다. 정신없이 집으로 뛰어간 나는 엄마에게 말했다.

"…… 이 강아지, 꼭 도와주고 싶어…….."

엄마에게 소리 내어 말을 하는 게 얼마 만인지 기억조차 나지 않았다. 엄마는 내 품에 안긴 더러운 강아지보다 내가 말을 한다는 사실에 더 놀란 듯했다. 엄마는 아무 말 없이 나를 쳐다보며 고개를 끄덕였다.

얼마나 오랫동안 버려져 있었던 것일까? 추위와 굶주림을 견디기에는 너무 어린 강아지였다. 강아지는 약해질 대로 약해져 있었다. 특히 두 눈에는 누런 눈곱이 덕지덕지

달라붙어서 눈을 제대로 뜨지 못할 지경이었다.

　나는 벽장에서 스토브를 꺼내 방을 덥히고 깨끗한 수건으로 강아지를 감싸주었다. 그리고 우유를 따뜻하게 데워 곁에 놓아두었다. 강아지를 위해 내가 할 수 있는 일들은 다 해주고 싶었다. 하지만 강아지는 너무 지쳐 우유를 먹을 힘조차 없는 듯했다. 눈도 뜨지 못하고, 비쩍 마른 배가 오르락내리락 하도록 가쁜 숨을 몰아쉬며 늘어져 있을 뿐이었다.

　'너를 위해 무엇이든 할 거야. 내가 지켜줄게.'

　나는 밤새 강아지 곁을 지켰다. 다음날 아침 날이 밝자마자, 나는 깨끗한 큰 수건에 강아지를 감싸 안고서 동물병원으로 달려갔다.

　'조금만 참아. 이제 괜찮아질 거야.'

　'내가 낫게 해줄 거야. 아무도 너를 괴롭히지 못하게 할 거야.'

　마음속으로는 수없이 되뇌었지만, 정작 강아지에게 따뜻한 말 한 마디 건네지 못했다. 당시의 나는 말을 해야겠다는 생각만으로도 숨이 막혀올 정도로 말을 하지 못하는 상태였다.

　동물병원에 가서도 나는 강아지에 대해 아무 설명을 하

지 못했다. 다행히 간호사 언니들은 친절했다. 잔뜩 긴장한 채 딱딱하게 굳어 있는 나를 다독여주면서 강아지에게도 다정하게 대해주었다.

진료를 받기 위해 접수를 하려는데 접수창구에서 강아지의 이름을 쓰라며 서류를 내밀었다.

"강아지 이름이 뭐니? 여기에 써줄래?"

'아, 이름…….'

강아지를 치료해야 한다는 마음이 간절했을 뿐, 이름까지는 미처 생각지 못한 것이다. 하지만 그 순간 내 마음에 떠오르는 이름이 하나 있었다. 나는 진료기록부에 '링'이라는 글자를 꾹꾹 눌러 적었다.

"링? 어머, 꼬마 아가씨와 같은 이름이네?"(일본어로 '스즈'와 '링'은 같은 한자를 쓰고 두 가지로 발음한다.—편집자 주)

"…… 아니, 그게 저는 ……스즈라고 읽어요."

가까스로 목소리를 쥐어짜 대답하자, 접수를 받던 언니는 "둘 다 참 멋진 이름을 가졌구나"라고 말하며 미소를 지었다.

'링'은 내 별명이었다. 초등학교에 다닐 때 모두 나를 그렇게 불렀다. 그때는 나에게도 별명을 불러주고 다정하게 말을 걸어주는 친구가 있었다. 이제 불리지 않게 된 그리운 이름을 참 오랜만에 들어 보았다. 즐거웠던 그 시절이 잠깐 눈앞에 스쳐갔다. 그때는 그게 얼마나 행복한 일인지 알지 못했는데.

수의사 선생님은 약간 무서운 인상이었지만 목소리는 따뜻했다. 하지만 나는 선생님의 입에서 어떤 말이 나올지 너무 두려웠다.

"걱정하지 않아도 돼요. 사람으로 치면, 그냥 감기 같은 거예요."

수의사는 침착하고 평온한 표정으로 내 눈을 바라보며 그렇게 말했다. 그 말을 듣자 비로소 나는 안도의 한숨을 쉬었다.

"고… 고맙습니다…."

나도 모르게 고맙다는 말이 나왔다. 혹시라도 링이 큰 병에 걸린 건 아닌지 얼마나 마음을 졸였는지 모른다.

병원은 이틀에 한 번씩 갔다. 학교에서 돌아오면, 링을 데리고 병원으로 갔다. 그 사이 링은 열도 내렸고, 밥도 조금씩 먹을 만큼 나아졌다. 눈이 아직 아픈지 눈을 잘 뜨지 못했지만 대체로 순조롭게 회복되고 있었다. 링을 만나고 부터 학교에서 보내는 시간도 전처럼 괴롭지 않았다. 링이 다 낫게 되는 그날을 생각하면 나도 모르게 힘이 솟았다.

그리고 세 번째 진찰을 받을 때 충격적인 사실을 알게 되었다. 링이 앞을 볼 수 없다는 사실을. 나는 그 의미를 이해하지 못한 채, 아니 받아들이지 못한 채 멍하니 서 있었다.

'나을 수 없다고요? 영원히 볼 수 없다는 말이에요?'

의사 선생님께 묻고 싶은 말이 너무 많았지만, 내 입에서는 아무 말도 나오지 않았다. 나오는 것은 눈물뿐이었다. 이런 상황에서도 제대로 말을 하지 못하는 나 자신에 대한 분노와 링이 너무 불쌍하다는 생각 때문에 그만 울음을 터뜨리고 만 것이다.

"스즈! 잠시만 기다려요."

눈물을 흘리며 병원을 나올 때 수의사 선생님이 나를 불러 세웠다.

"궁금한 게 있으면 언제든 찾아와요."

선생님은 내 손에 종이를 한 장을 쥐어 주었다.

그 메모에는 〈앞을 보지 못하는 개를 위한 약속〉이라는 글이 쓰여 있었다.

하나, 가구의 자리를 되도록 바꾸지 말 것

둘, 큰 소리를 내지 말 것

셋, 절대 수염을 잘라주지 말 것

넷, 다정한 목소리로 이야기를 많이 해줄 것

다섯, 개의 얼굴에 얼굴을 가까이 하지 말 것

메모를 접어 주머니에 넣고 멍한 상태로 집에 돌아왔다.

"스즈, 링에게 무슨 일이 있니? 혹시 큰 병에라도 걸린 거야?"

현관문을 열고 들어서자 엄마는 걱정하고 있었던 듯 말을 건넸다.

"…… 엄마, 링이… 눈이 …… 보이지 않는대…….."

"뭐!?"

엄마도 충격을 받은 것 같았다.

그런 엄마를 보면서, 나는 '또 엄마를 걱정시켰어' 하고 후회했다.

"엄마가 뭐라도 도울 일이 있을까?"

"아니…… 없어. 아무것도…….."

하지만 속으로는 엄마가 링도, 나도 도와주길 바랐다. 내가 솔직하게 말한다면 엄마는 분명 온 힘을 다해 나와 링을 지켜줄 것이다. 하지만 엄마에게 걱정을 끼치고 싶지 않았다. 그건 반 아이들에게 괴롭힘을 당하는 것보다 참기 힘든 일이었다. 혹시라도 내가 엄마를 힘들게 해서 엄마마저 나에게 실망하거나 싫어하게 된다면 나는 더 이상 견딜 수 없을 것이기 때문이다.

그날 이후 나와 링의 고난이 시작되었다.

체력을 되찾은 링은 이제 움직임이 많아졌고, 하루 종일 여기저기 부딪히고 떨어지고 구르는 실패의 연속이었다. 계단에서 떨어지고 가구에 부딪쳐서 상처가 나는 일도 많았다.

수의사 선생님의 말대로 링은 소리에는 민감했다. 특히 큰 소리가 나면 온몸을 벌벌 떨며 무서워했다. 그보다 더 두려워하는 것은 자신의 얼굴에 무언가가 가까이 다가오는 것이었다. 입가에 묻은 것을 닦아주려고 수건을 갖다 대면 온몸을 뒤로 젖히고 얼굴을 피하고 괴로워했다.

내 힘으로 링을 잘 보살피겠다는 것은 역시 무리였다. 눈이 보이지 않는 개를 집 안에서 키우는 것은, 나 혼자만의 노력으로는 불가능한 일이었다. 나 혼자만의 문제는 나 혼자 감당하려고 했지만, 링까지 고생을 시킬 수는 없었다. 부모님의 도움이 필요했다.

"저기…… 아빠, 엄마, 부탁이 있어……."

"그래, 뭐든지 말해 보렴."

엄마의 눈은 '네가 너무 걱정스럽단다'라고 말하는 것처럼 보였다.

"링은 눈이 안 보이기 때문에 수염이 눈 대신이야. 그러
니까 갑자기 얼굴을 가까이 대면 링이 놀라서 물어버릴지
도 몰라……. 그리고 집 안 가구를 옮기지 말아줘……. 같
은 곳에 같은 물건이 있으면 링은 그것을 기억해서 부딪치
지 않게 될 거야……."

엄마와 아빠는 진지하게 나의 이야기를 들어주었다.

"그리고…… 되도록 큰소리를 내지 말아줘……. 링은 소
리에 의지해서 생활하기 때문에 갑자기 큰소리가 나면 무
서워해……."

나는 가까스로 하고 싶은 말을 하는 데 성공했다. 부모님
에게 이렇게 긴 이야기를 하는 것이 얼마 만일까. 겨우 말
을 마치고 얼굴을 들었을 때, 엄마는 울고 있었다.

"응, 스즈. 고마워. 도와달라고 말해줘서… 엄마는 기다
리고 있었어. 가장 힘든 건 링이니까. 금방 전부 해낼 수는
없겠지만 링이 안심할 수 있게 함께 노력해 보자. 그렇지
요, 여보?"

"그럼, 물론이지. 링이 집 안에서 돌아다녀도 다치지 않
게 먼저 위험한 물건이 없는지 살펴보자."

링은 그동안 깊은 물속처럼 어둡고 고요했던 우리 가족

의 저녁 식탁에 이야기를 만들어주었다.

내가 학교에 가 있는 동안, 집에서 링과 시간을 보내는 엄마가 링의 행동을 세심하게 관찰한 후 나에게 알려주었다. 아빠도 내 이야기를 들은 후에는, 링이 다니는데 위험하지 않도록 가구를 배치하기 위해 고심했다.

링이 안전하고 편안하게 살 수 있는 환경은 나 혼자서 만들 수 있는 것이 아니었다. 나는 조금씩 말이 늘어갔다. 물론 사소한 말이 대부분이었고, 그마저도 능숙하진 않았지만, 어느새 누군가와 이야기를 나누는 일이 즐거워지고 있었다.

링도 차츰 집 안에 있는 가구의 위치를 기억하게 되면서, 부딪히는 일이 거의 없어졌다. 집에서는 더 이상 불편함 없이 생활할 수 있었다. 하지만 거실 문을 활짝 열어도 링은 바깥으로는 절대 한 발자국도 내딛으려고 하지 않았다. 그저 창가에 앉아 바깥세상의 소리에 귀 기울이는 링, 때때로 그 모습은 바깥세상으로 나가고 싶어 하는 것처럼 보였다.

엄마는 링을 부드러운 손길로 쓰다듬으며, 조용히 말했다.

"링…… 링은 눈이 보이지 않을 뿐이지 그 외엔 다른 친구들과 같단다. 무서워 말고 다음에는 꼭 같이 산책을 나가

보자."

나는 그때 엄마가 링에게 진심어린 애정을 갖고 있다는 걸 느낄 수 있었다. 그리고 지금 엄마가 링에게 하는 말이 사실은 나에게 하고 싶은 말이라는 것도 알 수 있었다. 엄마는 눈이 보이지 않는 링과 말을 하지 못하는 나를 걱정하면서 계속 지켜봐주고 기다려주고 있었던 것이다. 엄마의 진심을 느끼자 그동안 나와 엄마 사이를 막고 있던 내 마음 속의 벽이 무너져내렸다. 어느 사이 내 입에서는 흐느낌 섞인 말들이 쏟아져나왔다.

"나…… 학교에서 누구와도 말을 안 해. 반 아이들 모두 나에게 더럽다고 손가락질을 하고, 가까이 오지 말라고 해. 항상 혼자야. 말을 해도 아무도 들어주지 않아서……."

그리고 나는 큰 소리를 내며 울었다.

엄마는 가만히 나의 이야기를 들었다. 그리고 울면서 말하고 있는 나를 부드럽게 끌어안으며 천천히 말해주었다.

"우리 딸, 정말 힘들었겠구나……. 말해줘서 고마워, 아가. 엄마랑 아빠는 언제나 네 편이란다. 지금까지 스즈가 아무 말도 하지 않아서 걱정했단다. 말해줘서 정말 고마워. 엄마랑 아빠는 스즈와 함께 있는 것만으로 행복하단다. 스즈, 말해줘서 고맙구나……."

엄마와 이야기를 나누는 것만으로 나는 살 것 같았다. 말을 했다고 당장 문제가 해결되는 것은 아니겠지만, 이제 더 이상 죽고 싶을 만큼 외롭지 않을 것이다. "말해줘서 고맙다"고 말해준 엄마 덕분에 나는 어둠에서 건져 올려졌다.

그때 내 귀에 따뜻하고 촉촉한 무언가가 닿았다. 나는 깜짝 놀랐다. 링이었다. 그렇게도 얼굴을 가까이 대는 것을 무서워하던 링이, 스스로 자기의 얼굴을 나에게 비비고 있었다. 링이 나를 위로하고 있었다.

나는 엄마와 링의 따뜻한 품에 안긴 채 한참을 울었다. 그동안 마음에 쌓여 있던 울분과 서러움이 모두 쏟아져 나올 때까지.

만약 링이 없었다면, 내가 그날 링을 만나지 못했다면, 그냥 지나쳤다면 나는 계속 누구와도 이야기를 나누지 못한 채 언제까지나 쓸쓸하고 괴롭게 살아갔을지도 모른다.

"링, 나에게 와줘서 정말 고마워. 너는 나의 진정한 친구야……."

나는 링을 쓰다듬으며 몇 번이고 이 말을 속삭였다.

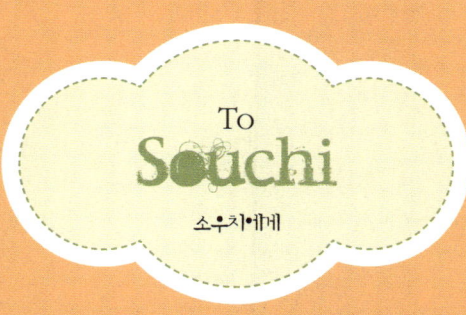

To
Souchi

소우치에게

너를 만나서
다행이야…

아무리 슬픈 일이 있어도 울지 않던 나.
그런 내 앞에 나타난 못생긴 너.
너는 딱딱하게 굳어버린 내 마음의 문을 열었어.
소우치, 너를 만나서 다행이야…….

* * *

나는 우는 법을 몰랐다. 슬픈 일이 생겨도 눈물이 나오지 않았다.

3남매의 첫째, 어머니에게 응석을 부리고 싶을 때도 있었지만 동생들에게 밀려 그럴 수 없었다.

"너는 언니잖아."

부모님에게 그런 말을 듣기 전에 먼저 알아서 첫째답게 행동했다. 우는 건 동생들 몫이었다. 내가 울어버리면 동생들을 달래줄 사람이 없어진다. 그래서 나는 울고 싶은 일이 있어도 울지 않았고 점점 우는 법을 잃어버렸다.

4년 전 여름, 어머니가 자살을 했다. 연락을 받고 부모님 집까지 한걸음에 달려갔지만 어머니의 얼굴은 보지 않았다. 통곡하는 가족들을 바라보면서 '우는 게 무슨 소용이지?'라는 생각이 무심히 들 뿐이었다. 어깨를 축 늘어뜨리고 실의에 빠진 아버지를 대신해, 내가 상주를 맡았다.

멍하니 한여름 하늘로 올라가는 화장터의 연기를 바라보면서 나는 "날씨 참 덥다"고 혼잣말을 중얼거렸을 뿐이었다. 살다 보면 매일 매일이 생각지 못한 일의 연속이다. 예상치 못했던 사건사고를 받아들여야 할 때마다, 내 마음은 더 딱딱한 덩어리가 되어갔다. '덩어리'라는 말 외에는 달리 적당한 표현이 떠오르지 않을 정도로, 정말로 마음속에 무언가가 단단히 굳어서 움직이지 않았다. 금방 풀리는 때도 있었지만, 오래도록 마음속이 답답할 때도 있었다. 기대가 클수록 상처도 컸고, 딱딱한 덩어리도 오래오래 풀어지지 않았다.

너무 쉽게 거짓말을 하는 사람들, 쉽게 사람을 배신하는 사람들, 어릴 때부터 어른이 된 지금까지 그런 인간을 수도 없이 봐오면서도, 나는 다시 쉽게 사람을 믿어버렸다. 그리고 결국에는 상처를 받고 내 마음은 더 딱딱해져갔다.

"남을 속이느니 속는 편이 낫지."

할머니는 늘 그런 말을 하셨다. 하지만 현실에서 그것은 여간 고통스러운 일이 아니었다.

'할머니…… 그건 그리 쉬운 일이 아니었어요…….'

어떤 일에도 눈물을 보이지 않는 여자, 누가 봐도 사랑스럽지 않은 여자였을 것이다.

"너는 혼자서도 얼마든지 잘 살 수 있는 여자니까."

내 연애는 언제나 상대방에게 그런 말을 들으며 끝이 났다. 매번 같은 말로 실연을 당하다 보니, 언제부턴가 나도 그 말에 수긍하게 됐다. 믿었기 때문에 열 수 있었던 마음, 그곳에서 한 올 한 올 엮어간 수많은 말들이 받아줄 상대를 잃고 공기 중에 떠돌다 형체 없이 사라져갔다. 믿고 빌려주었던 돈도 함께.

그날도 그렇게 다섯 번째 연애가 끝난 날이었다. 집으로 돌아오는 길에 동물병원 옆을 지나는데 "강아지(프렌치불독) 드립니다. 얌전하고 잘 짖지 않아요"라고 쓴 종이가 붙어 있었다.

함께 붙여놓은 사진으로는 아무리 봐도 귀여운 강아지로 보이지는 않았다. 이것이 소위 말하는 '못난이 강아지'인가.

'울 줄 모르는 여자와 짖지 않는 개라, 좋은 콤비네.'

그런 생각이 들자 나도 모르게 웃음이 났다. 하지만 내가 개를 키운다는 건 생각해본 적도 없었다. 나는 그냥 지나쳤다.

1주일이 지나도, 2주일이 지나도, 그 종이는 그대로 붙어 있었다. 그리고 내가 언제부턴가 그 동물병원 앞을 지날 때마다 종이가 아직 붙어 있는지 확인하고 있다는 걸 깨달았다.

'앞으로 이틀, 그때까지 이 종이가 붙어 있다면 내가 못난이를 데려와야겠어.'

그렇게 마음먹었다.

못난이 강아지와 귀염성 없는 나의 연애.

속이느니 속는 편이 낫다.

나는 다시 한 번 속아보기로 했다.

종이가 떼어질지도 모른다는 나의 걱정은 기우로 끝이 나고, 못난이는 무사히 내 품 안에 안겼다.

계속 못난이라 부르기도 미안해서 예쁜 이름을 지어주기로 했다. 이런저런 고민 끝에, 나는 '소우치(空知)'라고 결정했다. 소우치라고 부를 때 울림이 마음에 들었다. '우주를 알다'는 의미의 탁 트인 느낌이 드는 것도 좋았다. '비움을 알다'라는 의미도 된다. 비움을 이해하면, 그 다음은 차오르는 것을 기다릴 뿐이다.

소우치는 처음에는 잠깐 경계하는 것 같더니 바로 배를 내보일 정도로 친근하게 굴었다. 그 종이에 쓰인 대로, 소우치는 얌전하고 잘 짖지 않는 강아지였다.

소우치는 산책을 나설 때면 반드시 공을 가지고 나가자고 졸랐다. 공원에 도착하면 그 공을 내 앞에 떨어뜨리고는 던지라고 재촉했다. 앞발을 땅에 붙이고 엉덩이는 높이 들어올려 꼬리를 가볍게 흔든다. 그것은 소우치의 "놀아줘!"라는 표시였다.

소우치를 위해 나름 최선을 다해 공을 던져보았지만, 내 자세나 힘으로는 공이 만족할 만큼 멀리까지 날아가지 않았다. 기대와 달리 공놀이를 할 수 없자, 소우치는 조금 실망한 듯했다. 요즘에 와서는 거의 포기한 것처럼 터벅터벅 공을 주우러 간다. 그 뒷모습에서 애수마저 느껴질 정도였다. 그러면서도 결코 공놀이를 포기하지는 않았다.

매번 한껏 기대에 차서 쳐다보는 소우치, 그러나 바로 코앞에 떨어지는 공. 나라면 진작에 기대 따위 집어던졌을 것이다.

'소우치…… 어떻게 아직까지 믿을 수 있지? 내가 멀리 공을 던져줄 거라고……'

더 이상 소우치를 실망시킬 수 없었다. 나는 진지하게 공 던지기를 마스터해보기로 결심했다.

새벽 운동공원의 넓은 주차장에서 나는 공 던지기 연습을 했다. 물론 연구도 했다. 한 번도 본 적 없던 프로야구를 뚫어져라 지켜보면서 투수의 폼을 머리에 입력시켰다.

하지만 조금만 연습하면 간단히 성공할 것 같던 공 던지기는 나에게는 결코 쉬운 일이 아니었다. 연습을 하면 할수

록 오히려 몸에 힘이 들어가서 생각처럼 멀리 던져지지 않았다. 공을 손에서 놓는 타이밍이 안 좋은 건지, 던지는 순간 내 발 아래에서 튕겨져 올라와 공에 얼굴을 맞을 때도 있었다.

소우치는 그런 나를 '아… 공 주우러 가고 싶다고!'라는 눈빛으로 바라보며 기다려주었다. 소우치의 기대를 저버리기 싫었다.

"기다려봐, 소우치. 금방 멀리까지 던져줄 테니."

소우치의 머리를 쓰다듬으며 속삭이자, 소우치는 배를 내보이며 기쁨의 포즈를 취했다. 나는 하루도 빼먹지 않고 공 던지기 연습을 했다.

몇 주 동안 매일같이 연습한 성과가 나타나는 건지, 이제는 꽤 멀리까지 공을 던지게 되었다. 내가 공을 던지기 위해 자세만 잡아도 소우치는 이미 달리기 시작했다. 소우치의 머리 위를 지나 공은 소우치보다 한참 앞에 떨어진다. 신이 난 소우치는 공을 입에 물고 꼬리를 흔들며 돌아온다.

이것이 바로 소우치와 내가 그리던 진정한 공놀이의 모습이었다. 때로 소우치와 술래잡기 놀이도 했다. 내가 공을 가지고 도망치는 것처럼 뛰기 시작하면 소우치가 뒤를 쫓아왔다. 좋아서 펄쩍펄쩍 날듯이 내 뒤를 쫓아오는 소우치와 그 모습을 바라보며 웃는 나. 소우치가 달려와서 내 발을 잡으면 나는 그 자리에 대자로 누워 숨을 고른다. 그러면 '빨리 다시 시작해~'라고 말이라도 하듯, 소우치는 내 얼굴을 핥았다.

얼마 안 있어, 본격적인 겨울이 시작되었다.

숨을 내쉬면 숨이 하얗게 얼어버리는 동북 지방의 아침. 날씨가 많이 추워지자, 나는 공을 던지는 횟수를 줄이고 술래잡기 시간을 늘렸다. 소우치는 뒤에서 쫓아오는 놀이도 좋아했다. 소우치는 나의 기대대로 언제까지고 내 뒤를 쫓아왔다. 마침내 나를 잡았을 때 소우치의 반짝이는 눈빛과 나의 웃음소리. 차가운 아스팔트에 눕는 것조차 상쾌하게 느껴질 정도로 나와 소우치는 열심히 달렸다.

그날 나와 소우치는 술래잡기를 하며 놀고 있었다. 웬일인지 뒤에서 소우치가 쫓아오지 않는 것을 느끼고는 뒤를 돌아보았더니, 멀리서 뭔가가 이쪽으로 달려오는 소리가 들렸다. 커다란 개 한 마리가 나와 소우치를 향해서 곧장 달려오고 있었다. 나와 소우치는 둘 다 그 자리에 얼어붙어 버렸다.

일은 순식간에 벌어졌다. 큰 개는 소우치의 목을 물고 머리를 좌우로 거칠게 흔들었다. 마치 사냥감의 숨통을 끊어 놓으려는 사자처럼. 소우치는 짧은 비명을 질렀다. 소우치를 공격한 다음, 큰 개가 달려든 것은 공을 손에 든 나였다.

소우치는 일어나서 내 앞을 가로막고 큰 개를 향해 으르렁거렸다. 그때 큰 개의 주인이 목줄과 리드를 들고 황급히 뛰어오는 모습이 보였다. 큰 개가 이번에는 소우치의 뒷다리를 물고 늘어졌다. 리드로 큰 개를 얽어매고 꼼짝 못하게 억누르는 개 주인. 하지만 싸울 태세에 들어간 대형견을 제압하는 일은 개 주인에게도 힘겨워 보였다.

큰 개 주인이 마침내 소우치를 큰 개에서 떼어냈지만, 소우치의 몸은 이미 피로 낭자한 상태였다.

하지만 나는 움직일 수가 없었다. 온몸이 굳어버렸다. 머리고 가슴이고 모든 것이 멈춰버리고 말았다. 평소라면 각자 자기 길만 달려갈 사람들이 나를 대신해 소우치를 동물병원으로 데려가 주었다.

소우치는 동물병원으로 실려가 응급처치를 받았다. 큰 개의 주인은 병원까지 함께 와 계속해서 머리를 숙여가며 "미안합니다"라는 말을 거듭했지만, 나는 아무런 말도 할 수 없었다. 수의사가 다가왔다.

"어느 분이 개의 주인 되십니까?"

나는 겨우 얼굴을 들어 수의사를 바라보았다.

"침착한 분이시네요. 대개는 개가 이 정도로 다쳐서 오면 주인 분들이 먼저 쓰러지는 경우가 많은데요……."

수의사는 그렇게 말하면서 처치실로 안내했다. 소우치는 생각했던 것보다 아파하는 것 같지 않았고, 오히려 진정을 찾은 것처럼 보일 정도였다. 울거나 비명을 지르지 않는 소우치를 보면서, 나는 기어들어가는 목소리로 겨우 수의사에게 물었다.

"많이 다친 건 아닌가요? 괜찮은 건가요?"

"아니요. 지금 소우치 군 목의 상처는 아주 심각합니다. 최선을 다하겠습니다만, 지금으로서는……. 개는 통증을 느끼면 회복이 될 때까지 꿈쩍도 하지 않고 가만히 있으려고 애씁니다. 통증이 있는 동안은 웅크리고 있거나 아무것도 하지 않고 있는 것이 보통입니다."

나는 그 이야기를 듣고 너무나 놀랐다. 하지만 이미 오래 전에 말라버린 나의 눈에서 눈물은 흐르지 않았다…….

다음 날부터 나는 매일 아침저녁으로 두 번 병원에 갔다. 움직이지도 못하고 그저 가만히 웅크리고 있는 소우치를 돌보며 소우치의 아픔을 상상했다. 소우치의 등을 몇 번이고 쓰다듬으며 소우치의 아픔을 헤아려보았다.

5일째 밤, 병원에서 전화가 왔다. 바로 병원으로 와달라고 했다.

"오늘밤이 고비가 될 것 같습니다."

수의사는 그 말을 하고는 아무 말도 하지 않았다. 한겨울 밤바람을 가르며 나는 필사적으로 자전거 페달을 밟아 병원으로 향했다. 내 손과 마음은 얼어붙은 듯 차가웠다. 병원에 도착하자 나는 누워 있는 소우치를 어루만지며 소우치의 얼굴에 내 이마를 가져다댔다.

"미안해, 소우치…… 힘든 일 겪게 해서. 공 던지기도 못하게 만들고. 정말로 재밌었는데. 미안해, 소우치…….'

입을 다물고 있던 수의사가 천천히 말을 꺼냈다.

"울어도 됩니다. 이럴 때는 마음껏 우는 것이 좋습니다. 인간은 울음을 통해 괴로움과 슬픔을 극복할 수 있으니까요."

옆에 서 있던 간호사가 내 어깨를 천천히 쓰다듬어주었다. 따뜻한 손이 몇 번이고 내 등을 쓰다듬어주자, 나는 목이 멜 정도의 아픈 통증이 느껴졌다. 그리고 이내 뜨거운 눈물이 맺혀왔다.

내가 울었다.

"맘껏 우세요."

그 말이 형용할 수 없이 너무나 아프게 느껴졌다. 아프고 아파서 나는 울었다.

"더 이상 소우치와 함께 있을 수 없다니 싫어요. 나 혼자 남겨지는 건 너무 외로워, 소우치……."

북받치는 감정이 한꺼번에 넘쳐흘렀다. 슬프고 또 슬퍼서 눈물이 넘쳐흐르자, 이제는 멈출 수가 없었다. 나는 큰 소리로 울기 시작했다. 지금까지 참아온 것들이 한꺼번에 폭발하기라도 하듯. 껴안고 있던 소우치의 몸에 내 눈물이 뚝뚝 떨어졌다.

수많은 호스에 연결되어 있는 소우치. 나는 그날 밤, 소우치 곁을 떠나지 않았다. 때때로 간호사가 소우치의 상태를 보러 와서 "안정을 취하고 있습니다"라고 말해주고 돌아갔다.

밤은 길었다. 그 긴 밤 동안, 나는 소우치와 함께 보낸 시간을 회상했다. 공을 던질 때나 밥을 줄 때 소우치의 표정, 놀아달라며 배를 내보이던 소우치의 모습. 어느 것 하나 즐겁지 않은 때가 없었다. 소우치의 이런저런 모습을 떠올리다, 다시 눈물이 흐르고 말았다.

긴 밤이 지났다.

하늘이 조금씩 밝아지기 시작할 때, 소우치가 눈을 떴다.

"소우치……."

나는 작은 목소리로 불러 보았다. 소우치는 힘없이 나를 바라보았다.

"소우치. 나를 두고 가지 마…… 우리 계속 함께 살자……."

수의사가 신속하게 병실로 와주었다.

"고비는 넘긴 것 같습니다. 포기하지 않고 믿고 기다리는 것도 중요한 일입니다."

그 뒤로도 길고 긴 치료를 받아야 했지만, 마침내 소우치는 건강해져서 집으로 돌아왔다. 나와 소우치의 행복한 생활이 다시 시작되었다.

슬플 때 운다는 것은 아주 자연스러운 일이다. 슬플 때는 남의 눈치 보지 않고 큰소리로 울면 된다.

그걸로 족하다.

그러면 그 간절한 마음의 소리가 누군가에게 가서 닿기도 한다. 나는 그 사실을 처음으로 알았다. 소우치가 그것을 가르쳐주었다.

"고마워. 소우치. 앞으로도 나와 함께 있어줘."

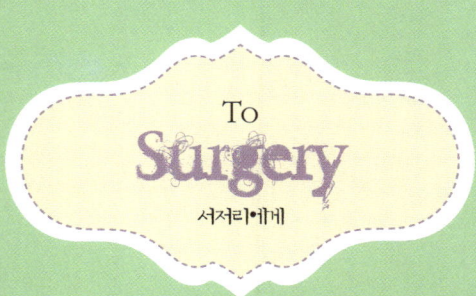

To

Surgery

서저리•에게

힘이 되어준
마법의 한 마디

그토록 지적이던 엄마가 치매에 걸렸을 때
우리 모두 지치고 힘들어 할 때도
너는 한시도 엄마 곁을 떠나지 않았지.
서저리, 네가 도운 건 엄마만이 아니란다.

* * *

오랜만에 아빠가 전화를 했다. 엄마도 아니고 아빠가 우리 집에 전화를 한 건 아주 드문 일이다.

"요즘 네 엄마가 좀 이상해……."

"무슨 일인데요? 어디 아픈 데라도 있어요?"

"아니…… 같은 말을 몇 번씩 되풀이하고, 건망증도 심해졌어…… 시간 되면 네가 좀 와줬으면 싶구나……."

우리 집에서 친정까지는 전철로 네 정거장 거리였다. 결혼하고 얼마 동안은 친정에 자주 갔지만, 아이가 크면서 횟수가 점점 줄어들었다. 그러고 보니 최근에는 전화도 자주 걸지 않았다.

"……알았어요. 다음 주에 시간을 내볼게요."

그렇게 전화를 끊었다. 수화기 너머 아빠의 한숨 소리가 어쩐지 무겁게 느껴졌다.

그 다음 주 친정에 갔을 때 나는 곧바로 엄마의 변화를 알아차렸다.

"여기 둔 안경이 어디 갔지?"

엄마는 오랜만에 집에 온 딸을 보고 인사도 하지 않고 잃어버린 안경을 찾고 있었다. 나를 바라보는 아빠의 눈빛은 '날마다 이런 일이 계속되고 있어……'라고 말하는 듯했다.

나와 아빠는 우선 엄마를 도와 안경을 찾기 시작했다. 집 안을 샅샅이 뒤져도 나오지 않던 안경은 우연히 열어본 냉장고 안에 놓여 있었다.

"안경 여기 있어, 여보. 안경을 냉장고 안에 둔 거야?"

아빠가 타이르듯 엄마에게 그렇게 말했다. 엄마는 대수롭지 않다는 듯 자기 방으로 들어가버렸다.

아빠 말대로 엄마에게 뭔가 문제가 생긴 게 분명했다. 그날부터 나는 날마다 친정집에 들렀다. 엄마가 이런 행동을 하기 시작한 것이 꽤 오래 되었는지 아빠는 이미 지쳐 있는 듯했다.

비슷한 일들이 하루에 몇 번씩 계속되었다. 나는 엄마의 이런 행동이 그저 당혹스러울 뿐이었다.

"오랜만에 왔으니까 천천히 편하게 쉬다 가렴."

날마다 보는 나를 엄마는 기억하지 못했다. '엄마, 나 매일 오고 있잖아요'라는 말이 입 안에서 맴돌았다. 엄마에게 대체 무슨 일이 일어난 것일까? 아빠와 나는 어찌할 바를 몰랐다.

'이건 전형적인 치매 증상이야.'

치매에 걸리기에는 아직 젊은 나이라고 생각했다. 엄마와 같은 나이의 친구 분들은 아직 다들 건강하고 활발하게 취미활동을 하면서 여가를 보냈다. 시어머니는 엄마보다 연세가 많았지만 더 건강했고 뭐든지 혼자서 잘해내고 계셨다. 그래서인지 나는 좀처럼 이 현실을 받아들이기 힘들었다.

우리 엄마는 외과의사였다. 더구나 아주 뛰어난 외과의사로서 일해왔다. 종합병원에 근무했던 엄마는 하루의 대부분을 병원에서 보냈다. 일밖에 모르고 살아온 사람이었다. 집안일이나 자식 교육에 관한 일들은 대부분 아빠의 몫이었다. 엄마가 쉬는 날에 맞춰 여행 계획을 세워도 병원에서 걸려오는 전화 한 통이면 만사를 제치고 달려가야 했다. 하지만 다정했던 아빠 덕분에 외롭다는 생각을 해본 적은 없었다.

"엄마는 아픈 사람들을 돕는 일을 하는 사람이야. 훌륭한 사람이지."

아빠는 언제나 그렇게 말해주었으니까.

의사에게는 정년퇴직이 없지만 종합병원에는 정년이 있다. 병원을 그만둬도 개인병원 등을 열어 의사 일을 계속하는 다른 사람들과 달리 엄마는 퇴직과 함께 의사를 그만두었다.

"앞으로는 이제껏 못 해본 일들을 다 해볼 생각이야."

병원을 퇴직할 때 엄마는 환하게 웃으며 그렇게 말했다. 병원을 그만두고 엄마가 가장 먼저 한 일은 개를 키우는 것이었다. "어렸을 적부터 꿈이었어"라고 말하며 망설임 없이 시바견(몸집이 작고 귀가 반듯하게 서고 꼬리가 말린 일본의 토종개)을 기르기 시작했다. 이름은 '서저리(surgery, 외과라는 뜻)'라 짓고, 마치 자신의 아이처럼 소중하게 키웠다.

서저리는 엄마를 많이 따랐다. 엄마를 보스로 모시기로 정하기라도 한 것처럼 언제나 엄마 곁에서 무엇이든 함께 했다.

"돌봐야 할 존재가 있다는 건 사람이 살아가는 의지를 만들어주는 좋은 일이지."

엄마와 서저리의 정겨운 모습을 바라보면서, 아버지는 흐뭇한 표정으로 말하곤 했다. 아버지가 소원하던 온천 여행도 이제는 함께 다닐 수 있었다. 서저리와 셋이서, 사이좋게 조깅도 다녔다. 의사라는 직업을 떠나온 엄마는, 지금까지와는 전혀 다른 생활을 즐기고 있었다.

'아버지도 엄마도, 앞으로 계속 이렇게 평화롭고 행복하

게 지내실 수 있다면 바랄 것이 없겠다.'

나는 그런 생각을 했었다. 내가 어린 시절에는 늘 바쁘기만 했던 엄마가 서저리를 자식처럼 보살피는 것을 보면서 살짝 질투가 날 때도 있었지만 엄마가 행복해 하는 모습을 보면 그런 마음은 멀리 사라졌다.

그 행복한 시간이 채 4년밖에 지나지 않았다. 만약 정말 치매라면 삶이 엄마에게 너무 가혹한 것이다.

"병원에 가요."

결국 나와 아버지는 함께 병원에 가서 검사를 받아보기로 결정했다.

그러나 엄마는 절대 싫다며 고집을 부렸다. 아버지가 아무리 타이르듯 달래고 설득을 해도, 내가 "우리가 함께 가니까 걱정하지 말라"고 이야기를 해도 듣지를 않았다. 엄마는 엄마 옆에 앉아 있는 서저리에게 "병에 걸린 것도 아닌데 병원에 가자니, 의사들 일만 늘려줄 뿐이야. 안 그러냐?"고 말하곤 코웃음을 쳤다. 서저리는 고개를 갸우뚱거리며 꼬리를 흔들어댈 뿐이었다.

결국 엄마를 설득하는 건 포기했다. 속이는 건 미안했지만, 아버지랑 셋이서 장을 보러 가는 것으로 거짓말을 하고 엄마를 데리고 나왔다. 도착한 곳이 병원이라는 것을 알고는 엄마는 크게 화를 냈다.

"검사할 필요 없다니까!"

엄마는 그렇게 말했지만, 의사의 설명을 들으면서도 자기 상태를 잘 이해하지 못하는 것 같았다.

치매를 억제시키기 위해서는 약에 의지하는 방법밖에 없다. 아버지도 나도 약의 효과가 하루라도 더 오래 지속되기만 바랐다. 그리고 아버지와 나의 일상에는 '엄마 약 먹이기'라는 일이 하나 더 추가되었다.

장을 보러 가면, 엄마는 매번 화장지를 샀다. 얼마 지나지 않아 집 안은 화장지 박스로 발 디딜 틈이 없는 지경이 되었다.

"이미 집에 많이 있어요. 이제 안 사도 된다니까!"

아무리 말해도 소용없었다. 엄마는 매일 화장지를 사왔다.

"됐다. 많아도 곤란할 것 없으니 맘대로 하게 두자꾸나."

아버지는 그렇게 말하면서 엄마의 손을 꼭 잡았다.

부엌 가스레인지의 불을 켜놓는 일도 점점 늘어갔다. 그때마다 서저리가 짖어서 알려주었고, 아버지와 나는 놀라서 불을 끄러 갔다. 엄마는 자신이 한 일이라는 것도 잊어버리고 "가스불은 위험하니까 조심들 해야지"라며, 아버지와 나를 야단치기도 했다.

"지갑이 없어졌어. 도둑맞은 게 틀림없어."

엄마가 그렇게 말하고 경찰까지 불렀을 때는, 정말이지 아버지도 나도 두 손 두 발 다 들고 말았다. 경찰에게 자초지종을 설명하고 돌아가게 하자 "아니, 왜 조사도 안 하고 그냥 돌아가는 거야"라며 엄마는 버럭 성을 냈다. 불같이 화를 내며 이성을 잃은 엄마 품으로 서저리가 파고들었다. 서저리는 엄마의 발목을 부드럽게 핥아주었다.

"이러다 병원에 늦겠어요."

엄마는 갑자기 생각이 난 듯 옷을 갈아입고 나갈 채비를 했다.

"오늘 당신 쉬는 날이야……."

아버지는 그렇게 달래듯 말했다.

"그럼 언제 전화가 오더라도 달려 나갈 수 있게 준비라도 해둬야지."

엄마는 석연찮은 표정으로 불퉁거리며 화난 사람처럼 한참을 서 있었다. 그러더니 갑자기 털썩 하고 소파에 앉아 이제는 무심히 창밖을 바라보았다. 서저리는 그런 엄마 옆에 바짝 붙어서 함께 창밖을 바라보았다. 문득 다시 정신이 돌아온 엄마는 서저리의 등을 천천히 쓰다듬기 시작했다.

그러면 신기하게도 엄마의 눈빛은 서서히 평화를 찾았다. 나도 아버지도 서저리의 이 신기한 힘에 감사했다. 우리가 하지 못하는 일을 서저리가 해내고 있었다.

그렇지만 결국 그토록 걱정했던 엄마의 배회가 시작되었다. 치매 증상이 나타난 지 3년이 되던 해의 일이었다. 엄마는 밤낮을 가리지 않고 불쑥 집을 나가버렸다. 아버지와 나는 잔뜩 긴장한 채 엄마를 찾아 헤맸다. 부디 사고를 당하지 않기를 기도하며…….

다행인 것은 엄마가 집을 나갈 때는 서저리가 언제나 함께라는 것이었다. 운 좋게 우리가 발견하는 때도 있었고, 근처 파출소에서 연락이 와 데리러 갈 때도 있었다. 사람들은 엄마와 함께 있는 서저리의 목줄에 달려 있는 이름표 전화번호를 보고 연락을 했다.

"서저리, 정말 고맙구나."

나는 집을 나간 엄마가 찾아올 때마다 서저리의 머리를 쓰다듬으며 감사 인사를 했다.

엄마의 증상이 심해지면서, 우리의 부담도 커져만 갔다. 아버지도 나도 몸과 마음이 모두 지쳐갔다.

"밥도 안 주고! 밖에도 못 나가게 하다니!"

"일이건 뭐건 너희들이 다 빼앗아갔어!"

엄마는 갈수록 폭력적으로 변했다. 소리를 지르고 심지어 욕을 하기도 했다. 이런 엄마의 모습을 보면서 우리는 어찌할 바를 몰랐다. 이런 엄마는 너무 낯설었다.

치매가 심해지면서 옷을 갈아입고 씻는 일조차 귀찮아하기 시작했다. 잠옷 차림으로 하루 종일 지내고, 침대에 누워서 멍하니 텔레비전만 쳐다보았다. 하지만 방송의 내용 따위 전혀 이해하지 못했다.

그날 나는 점심으로 우동을 만들었다. 엄마가 먹기 쉽게 면을 짧게 잘라두었다. 우동이 조금 식은 후에 그릇을 쟁반에 담아 엄마에게 가지고 갔다.

"자아, 엄마. 점심 드십시다."

내가 말을 걸자, 엄마는 공허한 눈으로 내 얼굴을 물끄러미 바라보았다.

"그런데 아줌마는 누구…세요?"

숨이 멎는 것 같았다. 마음속에서 용수철 같은 것이 세차게 튀어올랐다. 말로 할 수 없는 절망감이 나를 삼켰다.

나는 아무 말도 하지 못하고 조용히 부엌으로 왔다. 부엌으로 돌아오자마자, 온몸에서 힘이 빠지는 바람에 무릎을 꿇어앉고 주저앉을 수밖에 없었다.

내 눈에서는 어느새 눈물이 흐르고 있었고, 나는 그제야

소리 내어 울기 시작했다. 어릴 적 기억 속의 멋진 엄마가 보였다. 엄마는 집에 있는 날이 거의 없었다. 예쁜 앞치마를 두르고 간식을 만들어주는 친구 어머니의 모습을 부러워하던 적도 많았다. 그래도 아버지 말씀대로 많은 사람들을 돌보고 있는 엄마를, 나는 존경했다. 생일에는 항상 책을 선물해주던 엄마를 나는 진심으로 사랑했다. 그런 엄마가 나를 잊었다. 내 존재가 엄마 안에서 사라져버린 것이다.

슬펐다.

말로 표현할 수 없는 슬픔이었다. 슬픔에 눈물이 멈추지 않았다.

그때 서저리가 조용히 내게 다가왔다. 서저리는 나와 마주하듯 내 앞에 앉았다. 가만히 나를 바라보며, 내 어깨에 머리를 얹고 "컹 컹" 하고 작게 소리를 냈다.

'울지 마.'

서저리는 그렇게 말하고 있는 듯했다.

서저리는 그저 엄마를 돌보기 위해 있는 존재라고 생각하고 있었다. 엄마를 위해 자신이 할 수 있는 일을, 열심히 꿋꿋이 해내고 있다고 생각하고 있었다. 잘못된 생각이었다. 엄마를 돌보는 나와 아버지도 서저리의 보살핌을 받고 있었던 것이다. 나는 서저리를 꼭 껴안았다. 신기하게도 마

음이 차분해졌다. 나도 엄마처럼 서저리에게 상처를 치료받고 있었다.

얼마나 그렇게 있었을까. 서저리가 일어났다.

'이제, 가자.'

서저리의 눈동자는 그렇게 말하고 있었다. 나는 눈물을 닦고 일어났다.

"서저리…… 고마워."

어찌할 바를 모르고 지칠 때면, 나는 그때 서저리의 눈동자를 생각한다.

그리고 조용히 혼잣말을 해본다.

"이제, 가자."

다시 일어서기 위한 마법의 한 마디.

나만의 마법의 한 마디다.

엄마는 여전히 아프고 수시로 나와 아빠의 마음을 아프게 한다. 아마 앞으로 점점 심해질 것이고, 언젠가는 우리 곁을 떠날지도 모른다.

하지만 나는 서저리에게 소중한 것을 배웠다. 다시 일어나는 법을.

서저리, 정말로 고마워.

To
Rider

라이더에게

너는 영원히 우리들
마음속에 있을 거야

언제나 우리 사총사와 함께했던 라이더.
우리가 언젠가 어른이 되어 헤어지는 날이 오더라도
너는 영원히 우리 마음속의 히어로로 남을 거야.

* * *

　우리는 동네에서 소문난 사총사였다. 우리는 시골에서 자랐다. 수없이 많은 생명들이 살고 있던 동네 작은 강변이 우리들의 놀이터였다. 그곳에서 우리는 물고기와 개구리 알을 잡고 물수제비 뜨기 놀이도 하면서 날마다 즐겁게 지냈다.

　그날도 우리 사총사는 강가에서 물놀이가 한창이었다.

　"얘들아, 저기 봐. 저기 종이상자 안에 뭐가 있어. 귀가 보인 것 같은데……."

　마사타카가 강물에 떠내려오는 상자를 가리키며 말했다. 마사타카의 말에 이끌리기라도 하듯, 우리 중 가장 용감한 카이타가 강으로 뛰어들어 상자를 끌고 왔다.

　"있다, 있어! 쪼그만 한 개!"

　우리가 자란 마을은 아주 작았다. 어디를 둘러봐도 산과 강 그리고 논과 밭뿐이고, 학교는 전교생을 합쳐도 100명도 되지 않을 만큼 작았다. 당연히 아이들은 모두 형제자매처럼 함께 자랐다. 이웃과 친척보다 가깝게 지내다 보니,

감추고 싶은 부끄러운 일조차도 순식간에 마을 전체에 퍼졌다. 이런 작은 마을 안에서도 우리 사총사는 날마다 붙어 다녔다. 우리는 어린 시절부터 무엇이든 함께했다.

마사타카는 정의감이 넘치는 신중파, 곧은 성격으로 안 되는 것은 안 된다고 딱 잘라 말하는 성격이었다. 미즈키는 얌전하고 부끄러움이 많은 소심파, 하지만 재주가 많아 무엇이든 잘했다. 카이타는 말수는 적지만 무서움을 모르는 용감한 소년으로 항상 선두에 서는 타입이었다. 내 이름은 고우, 나는 어떤 타입이었더라? 내가 어땠는지는 잘 모르겠다.

강가로 올라온 카이타가 종이상자에서 작은 강아지를 꺼내들었다. 어디서 흘러왔는지 얼마나 떠내려왔는지 알 수 없었다. 강아지는 물에 흠뻑 젖은 채 온몸을 바들바들 떨고 있었다.

"이제 어떡하지?"

"어떡하지라니, 그게 무슨 말이냐?"

"그러니까, 개잖아."

미즈키와 카이타가 이야기를 하는 동안, 나는 두 사람을 계속 쳐다보았다. 소심하고 걱정 많은 미즈키와 "그게 뭐 어떠냐"는 식인 카이타의 대화. 나는 그 둘 사이에 오가는 이런 대화를 좋아했다.

"어쨌든, 이 강아지는 우리가 접수한다. 고우, 우선 너희 집으로 가서 작전회의부터 하자."

마사타카의 말이 떨어지자 우리는 일사분란하게 움직였다. 이것이 우리 사총사의 일 처리 방식이었다.

마루에 둘러앉은 우리 네 명과 강아지 한 마리. 나는 젖은 강아지를 커다란 수건으로 닦아주었다. 강아지는 떨고 있었지만, 몸이 약한 것 같지는 않았다.

"자세히 보니까, 이 녀석 잘생겼는데."

카이타가 웬일로 흥미로운 듯 말을 꺼냈다. 카이타는 항상 조금 냉정한 편이랄까, 뭔가에 관심을 보이는 일이 거의 없는 녀석이었다.

"이제 어떻게 할 거야? 주웠으니까 경찰에 신고해야 할까?"

"경찰이 강아지를 받아줄 거 같냐?"

"그럼, 이제 어떻게 할 건데?"

"데려온 이상, 누군가가 키워야 하는 거 아니겠어?"

"우선 오늘 하루는 고우네 집에 맡겨놓고, 각자 집으로 돌아가서 개를 키울 수 있는지 어떤지 부모님께 여쭤보고 다시 모이자."

마사타카의 말에 우리는 일단 해산해서 각자 자기 집으로 돌아갔다.

혼자 남은 나는 강아지에게 우유를 먹여 보았다. 강아지는 입 주위에 하얀 우유를 잔뜩 묻혀가며 한 그릇을 뚝딱 비우더니 이내 내 무릎 위에서 새근새근 잠이 들었다. 아직 털도 나지 않은 맨질맨질한 강아지 배는 우유로 빵빵하게 부풀어 올랐다.

그때 밭일을 마치고 돌아온 엄마가 놀란 얼굴로 내 무릎 위에 잠들어 있는 강아지를 쳐다보았다.

"어디서 난 거냐, 그 강아지는?"

"애들하고 강에서 노는데 떠내려온 거야. 누구네 집에서 키울지, 지금 다들 물어보러 갔어."

"그런 거라면 우리 집에서 키워도 돼."

너무 쉽게 허락이 떨어졌다. 반면, 다른 친구들은 아무도 집에서 허락을 받아오지 못했다. 풀이 죽어 고개를 떨군 녀석들을 보면서 엄마는 말했다.

"여기서 키울 거니까 걱정 말아라. 그래도 너희들이 다 같이 키워야 한다, 알았지? 고우 녀석에게만 맡기면 금방 내버려둘 게 뻔하니까."

엄마가 허락한다고 이야기를 하던 순간, 모두의 얼굴 표정을 나는 지금도 잊을 수가 없다.

강아지의 이름은 사총사가 함께 정하기로 했다. 여러 이름이 나왔지만 늘 그렇듯 결국 마사타카의 의견을 따르기로 했다.

"이름은 '라이더'로 결정이다. 라이더, 너는 이제 우리 친구다. 우리는 죽을 때까지 언제나 함께다!"

마사타카가 큰 소리로 외쳤다. 미즈키가 고개를 크게 끄덕였고, 나도 따라 고개를 끄덕였다. 카이타는 싱긋 미소를 짓고는 고개를 살짝 끄덕였다. 그 사이 내 무릎 위에서 잠을 자던 라이더가 벌떡 일어나 우리의 얼굴을 차례로 바라보며 고개를 갸우뚱거리더니 냄새를 맡으려는 듯 킁킁거렸다. 이것이 라이더와 우리의 첫 만남이었다. 초등학교 4학년 초여름의 일이다.

라이더를 키우기로 결정하자 아버지는 헛간 2층을 비워 주셨다. 방은 6조(일본의 다다미 6장을 깐 크기로 다다미 한 장의 크기는 약 180×90cm의 크기) 정도의 크기였다. 한쪽에는 짚을 깔아 라이더의 잠자리를 만들어주었다.

"이 정도면 개집을 따로 만들 필요도 없겠지? 비바람이 불어도 걱정 없고."

우리는 모두 만족했다. 라이더도 자기 방이 마음에 드는

지 꼬리를 흔들며 뛰어다녔다. 얼마 지나지 않아 미즈키가 버려진 나무를 주워다 테이블을 만들기 시작했다. 울퉁불퉁 서툰 솜씨로 만든 테이블이었지만, 이를 계기로 라이더의 방은 우리의 비밀기지가 되었다. 모두가 집에서 이런저런 물건을 가져왔다.

카이타는 집에서 나무로 만든 의자를 가져왔다. 마사타카가 가져온 작은 책장에는 만화책이 빼곡하게 들어찼다. 학교에서 돌아오면 우리는 항상 비밀기지에 모였다. 그곳에서 숙제를 하기도 하고 만화책을 읽기도 하고 라이더와 놀기도 했다. 지루해지면 밖으로 나가 해가 질 때까지 놀았다. 당연히 라이더도 함께였다.

라이더는 목줄을 달지 않아도 혼자서 멀리 가버리는 일은 없었다. 라이더는 언제나 우리와 함께 있었다. 우리는 라이더를 좋아했고 라이더 역시 우리와 함께 지내는 것이 매우 행복해 보였다. 우리는 더없이 행복한 시간을 함께했다.

그렇게 2년이라는 시간이 지나고, 초등학교 졸업식이 코앞으로 다가왔을 무렵 마사타카가 말을 꺼냈다.

"저번에 텔레비전에서 봤는데, 우리도 타임캡슐이란 거 만들어보지 않을래?"

"그게 뭔데?"

"깡통이나 병에 편지나 기념이 될 만한 물건들을 넣고 땅에 묻는 거야. 그리고 아주 오랜 시간이 흐른 뒤에 같이 꺼내서 열어보는 거래."

다음 날 우리는 각자 타임캡슐에 넣을 물건을 가지고 모였다. 추억의 물건을 담을 캡슐은 마사타카가 집에서 가져온 '센베이(밀가루나 쌀가루로 만든 일본식 납작 과자, 우리나라에서는 전병이라고 한다)'라고 쓰인 철제통이었다.

누가 무엇을 넣었는지는 비밀로 하기로 했다. 그래야 나중에 더 재미있을 것 같았다. 우리에게 라이더와 라이더가 있는 비밀기지는 아주 소중한 곳이었기 때문에, 소중한 추억을 넣은 캡슐 역시 비밀기지가 있는 헛간 뒷마당에 묻기로 했다.

"근데 이거 언제 파보는 거야?"

"성인의 날도 좋고, 좀 더 지나서 우리가 할아버지가 된 다음도 좋고."

"날짜를 정해두지 않으면 언제까지 기다려야 하는지 알 수 없잖아."

언제나처럼 카이타와 미즈키의 대화가 시작되었다. 그리고 마사타카는 아랑곳하지 않고 혼자 열심히 땅을 파고 있었다. 그야말로 익숙한 우리들의 풍경이었다.

중학생이 되어서도 우리는 변함없는 일상을 보냈다. 우리가 다니는 중학교는 초등학교 옆에 있었기 때문에 다니는 길도 같았다.

그런 우리들에게 변화가 찾아온 것은 중학교 3학년 여름이 되면서부터였다. 고등학교 입학시험이 우리의 일상을 바꿔갔다. 비밀기지에 모이는 시간은 점점 줄어들었고 가끔 모이는 날에도 다들 금방 헤어졌다. 변하지 않는 것은 라이더뿐이었다. 라이더는 변함없이 매일 우리를 기다리고 있었다. 계단 아래서 내가 올려다볼 때면 라이더는 언제나 꼬리를 세차게 흔들며 맞아주었다. 그런 라이더의 밝은 모습에 마음이 아플 정도였다.

그렇게 몇 개월이 지나고, 우리 네 명은 모두 다른 고등학교에 진학했다. 이제 비밀기지는 없어져버린 것이나 다름없었다. 아무도 비밀기지에 찾아오지 않았다. 너무나 자연스럽게 우리는 점점 멀어졌다.

라이더도 비밀기지를 떠나 안채 현관 앞으로 옮겨왔다. 언제나 명랑했던 라이더는 많이 달라졌다. 생기 없이 늘 현관 앞에 누워만 있는 라이더. 잊혀진 존재처럼 홀로 외롭게 앉아 있는 라이더를 보면 가슴 한구석이 아파왔지만, 나도 라이더와 지내는 시간이 점점 짧아졌다. 학교에서 돌아오는 시간도 점점 늦어졌고, 휴일에는 버스를 타고 시내에 나가 친구들과 어울리는 일이 많았다. 그렇게 라이더는 나에게조차 점점 희미한 존재가 되어가고 있었다.

고등학교 3학년 여름, 몹시 더웠던 어느 날 라이더의 모습이 보이지 않았다. 언제나 현관 앞에 앉아 있던 라이더가 사라진 것이다. 어머니는 걱정을 했지만 나는 바로 돌아올 거라는 생각에 신경을 쓰지 않았다. 하지만 내 예상과는 달리 라이더는 밤이 되어도 돌아오지 않았다. 그제서야 나는 슬슬 걱정이 됐다.

'혼자서 어딜 간 거야?'

혹시나 하는 마음에 마사타카, 미즈키, 카이타네 집에 찾아갔다. 하지만 라이더는 그곳에 없었다. 대신 모두들 라이더가 사라졌다는 말을 듣고 두말없이 나를 따라나섰다.

오랜만에 모인 우리 네 명은 누가 먼저랄 것도 없이 함께 라이더를 찾기 시작했다. 우리는 구역을 나누어 라이더를 찾아다녔다. 마을 곳곳을 샅샅이 뒤졌지만 라이더의 흔적은 어디에도 보이지 않았다. 어릴 적 라이더와 자주 놀았던 뒷산의 대나무 숲과 라이더를 처음 만났던 강가에도 가보았지만 라이더는 없었다. 우리는 점점 초조해졌다. 그동안 라이더를 잊고 지내온 것이 너무 미안했다. 이대로 라이더를 영영 찾지 못한다면 너무 미안할 것 같았다.

"라이더-!"

절실한 마음을 담아 큰 소리로 불러 보아도 라이더의 대답은 들려오지 않았다. 그렇게 찾아 헤맨 지 몇 시간이 지나자 모두 지쳐서 길바닥에 주저앉고 말았다. 모두 말없이 고개를 숙이고 있을 때, 누군가 "설마……?"라고 말하는 순간, 우리 네 명의 머릿속에는 같은 장소가 떠올랐다.

'그래, 그곳이다!'

우리들의 비밀기지였던 헛간 2층, 우리 네 명에게 완전히 잊혀졌던 추억의 장소.

"라이더……."

마사타카가 떨리는 목소리로 라이더를 불러 보았다. 그러자 헛간 구석의 짚더미 속에서 '부스럭' 하고 희미하게 소리가 났다. 손전등을 비추자 짚더미 안에 누워 있는 라이더의 모습이 보였다.

"라이더……?"

라이더는 죽음을 앞두고 있었다. 얼굴은 평온해 보였지만, 생명이 얼마 남지 않았음을 한눈에 알 수 있었다. 먼저 카이타가 라이더를 안았다. 강물에 떠내려온 라이더를 구한 것도 카이타였다. 미즈키의 눈에는 이미 눈물이 고여 있었다.

"라이더, 어떻게 된 거야……."

마사타카는 울음을 삼키면서 말했다. 라이더는 "크-응" 하고 작은 소리를 내면서 꼬리를 네 번 정도 힘없이 흔들더니 조용히 눈을 감았다. 그것이 우리에게 하는 마지막 작별의 인사였다. 라이더는 우리에게 인사를 하려고 기다렸다는 듯이 그 인사를 하자마자 바로 숨을 거뒀다.

라이더는 자신의 마지막을 보내는 장소로 우리와의 추억이 깃든 비밀기지를 선택한 것이다. 그리고 라이더 덕분에 우리 네 명은 다시 한 번 이곳에 모였다. 그것이 더욱 우리 마음을 아프게 했다.

우리는 비밀기지 뒷마당에 라이더를 묻었다. 더 이상 할수 있는 일이 없었지만 아무도 집에 돌아가지 않았다. 우리네 명은 아무 말도 못한 채, 라이더의 무덤 옆에 그저 앉아있을 뿐이었다.

"저기, 우리 타임캡슐 꺼내보지 않을래?"

카이타가 마침내 오랜 침묵을 깨고 말했다. 우리는 마치그 말을 기다리고 있었다는 듯이 서둘러 타임캡슐을 꺼냈다. 각자 녹슨 깡통에서 자기가 넣은 추억의 물건을 꺼낸순간, 우리는 모두 깜짝 놀라고 말았다.

놀랍게도 그것들은 모두 같은 물건이었다. 바로 라이더와 함께 찍은 사진이었다. 사진에는 라이더를 에워싸고 밝게 웃는 우리 모습이 담겨 있었다. 낡은 러닝셔츠에 때 묻은 반바지. 흙먼지를 잔뜩 뒤집어쓴 꼬질꼬질한 모습이었지만, 모두의 눈동자는 빛나고 있었다. 사진을 보면서 우리는 울고 웃었다. 그동안 잊고 있던 아주 소중한 것을 되찾은 기분이었다.

라이더는 우리 넷을 이어주는 소중한 친구였다. 말은 할 수 없었지만 우리를 가장 잘 이해해주었던 친구였다. 우리는 그날에서야 알았다. 우리는 그 시절과 조금도 변하지 않았음을. 변했다고 생각했을 뿐이었다. 어른이 되었다고 생각하고 있을 뿐이었다. 라이더는 우리 곁을 떠나면서 우리에게 그 사실을 일깨워주었다.

천국으로 떠나버린 지금도, 그리고 앞으로도 영원히 라이더는 우리 마음속에 살아 있을 것이다.

'라이더, 고마워. 우리는 너를 잊지 않을 거야.'

To
Hana
하나에게

있는 그대로를
받아들이는 것

교통사고로 오른쪽 뒷다리를 잃은 하나,
그러나 언제나 씩씩하고 다정했던 하나,
하나는 우리에게 많은 것을 가르쳐주었다.

* * *

눈부시게 아름다운 계절 5월.

나는 아내와 나들이에 나섰다. 그동안 회사 일이 바빠 함께 보낼 수 있는 시간이 거의 없었기 때문에 아주 오랜만에 함께하는 드라이브였다. 아내 역시 행복한지 몹시 들떠 있는 모습이었다.

결혼한 지 어언 6년, 앞으로 2개월 후면 우리의 아기가 태어난다. 몇 년 동안 손꼽아 기다리던 귀한 아이였다.

'앞으로 몇 년간 둘만의 드라이브는 엄두도 못 내겠지.'

그런 마음 때문이었을까. 우리는 평소보다 훨씬 많은 이야기를 나누며 즐거워했다. 갑자기 진통이 올 때를 대비해 너무 먼 곳으로 갈 수는 없었지만 우리가 함께라는 것이 중요할 뿐 그런 건 문제가 되지 않았다.

일 때문에 하는 외출이라면 고속도로를 이용했겠지만, 우리는 한적한 국도를 여유롭게 달리며 경치를 감상하면서 모처럼의 휴가를 만끽했다. 돌아오는 길에는 쇼핑몰에 들러 태어날 아기를 위해 담요와 장난감을 샀다.

"이게 좋은 것 같은데…… 아, 이것도 좋아 보여."

아기 옷 매장에는 아내를 사로잡는 귀여운 옷들이 너무 많았다. 아내는 행복한 고민에 빠져 쇼핑을 끝낼 줄 몰랐다.

"여보, 어두워지기 전에 집에 가야지."

못내 아쉬워하는 아내를 겨우 달래 쇼핑몰을 나와 집으로 돌아가는 길이었다. 집에 도착하기까지 30분 정도 남은 지점에서 우리는 자가용 세단과 트럭이 정면충돌하는 사고를 목격하고 말았다. 자가용 세단은 충돌로 인한 충격으로 몇 바퀴를 돌고 도로 벽에 부딪친 다음에야 멈춰 섰다. 아내에게 구급차와 경찰을 부르라고 부탁한 다음, 나는 차 안에 갇힌 운전자를 구하기 위해 사고 장소로 뛰어갔다.

운전석에 앉아 있는 남자는 다행히 눈에 띄는 출혈도 없었고, 긴급한 상태로 보이지 않았다.

"뒷좌석에 개가 있어요…… 제, 제발 구해주세요……."

그는 자기보다 개가 더 걱정인 듯했다. 자기 상처는 뒷전이고 뒷좌석에 있는 개를 구해달라고 호소했다.

하지만 심하게 찌그러진 뒷좌석을 보니 개가 아직 살아 있을 거라고는 생각하기 어려웠다. 그렇지만 나는 남자에게 "걱정 말아요. 개는 무사해요"라고 말하고 안심시켰다.

곧 경찰과 구급차가 도착했고, 나는 사고 당시의 상황과 사고 직후 남성의 상태에 관해서 경찰에게 설명하고 있었다. 그때 하얗게 질린 얼굴로 내 옆에 서서 아무 말도 못하고 있던 아내가 경찰관에게 안타까운 목소리로 말을 걸었다.

"저기요, 남자분이 뒷좌석에 있는 개를 구해달라고 부탁했어요……. 개를 빨리 구해주시면 안 될까요?"

인명구조가 최우선인 사고 현장에서는, 먼저 운전자의 구조가 끝나기를 기다릴 수밖에 없다. 옆에 있던 구조대원이 "할 수 있는 데까지 최선을 다해보겠습니다"라고 대답했다. 그러자 아내는 다시 한 번 "네, 꼭 구해주세요. 그분에게는 소중한 가족일 거예요"라며 간절한 목소리로 부탁하는 것이었다.

나는 아내의 이런 모습이 놀라웠다. 아내는 평소 매우 조용한 성격이다. 어지간하면 남 앞에 나서서 행동하는 타입이 결코 아니다. 그런 아내가 필사적으로 도움을 요청하고 있었다. 아내의 이런 모습을 본 건 내가 아내를 안 이후로 처음이었다.

다행히 남성은 신속히 구조되어 구급차에 실려 병원으로 이송되었다. 곧이어 구조대가 뒷좌석을 확인하기 시작했다. 전기톱과 커터 등을 사용해서 차 뒷좌석의 공간을 열자, 그 안에 개 한 마리가 보였다. 정신을 잃은 것인지, 죽은 것인지 개는 꿈쩍도 하지 않았다. 개의 오른쪽 뒷다리가 차 문과 좌석 시트 사이에 낀 것 같았다.

구출하기 위해 구조대원이 손을 뻗자, 개는 아주 미약하게나마 고개를 들어올렸다. 개는 아직 살아 있었다.

"곧바로 구조를 시작한다!"

구조대 대장이 큰소리로 외쳤다. 그 말과 함께 구조대원들은 구조작업에 들어갔다. 형체를 알 수 없을 정도로 찌그러진 뒷좌석에서 개를 구조하는 데에는 시간이 꽤 걸렸다. 그럼에도 불구하고 열심히 작업을 이어가는 구조대원들. 나는 감사와 존경의 마음으로 그 광경을 지켜보았다.

아내는 동물병원에 근무하는 친구에게 전화를 걸어 "사고를 당한 강아지를 데리고 갈 테니까 기다려 달라"고 연락을 하고 있었다.

구조대원들의 노력 덕분에 개는 비교적 빨리 구출될 수 있었다. 하지만 언뜻 봐도 개의 상태는 심각해 보였다. 아내는 주저 없이 새로 산 아기용 담요를 차에서 꺼내어, 개를 받아 안았다. 그리고 가슴에 개를 안고 울면서 "괜찮아, 괜찮아"하며 개를 다독였다. 나는 경찰에게 연락처를 알려주고 아내와 개를 데리고 동물병원으로 향했다.

다음날 아침, 전화가 울렸다.

경찰서였다. 사고를 당한 남자가 숨을 거두었다는 연락이었다. 전화를 끊고 수화기를 바라보며, 나는 "그럴 수가……"라고 탄식이 새어나왔다. 큰 상처는 없어 보였는데……. 그의 죽음이 더욱 안타까웠던 것은 그가 자기의 안위보다 더 걱정했던 개를 키워줄 사람이 없다는 것이었다. 남자는 혼자 살았고, 개를 키워줄 만한 친척도 없다고 했다.

그 소식을 들은 아내는 조금도 망설이지 않고 "우리가 키워요"라고 말했다. 마치 오래 전부터 그렇게 정해져 있었던 것처럼, 개는 우리 식구가 되었다.

생사의 경계를 넘나들 만큼 위독했던 개는 이제 제법 상태가 호전되었다. 하지만 사고로 부러진 오른쪽 뒷다리는 어찌해 볼 방법이 없다고 했다. 수의사는 개의 다리를 바라보며 어렵사리 말을 꺼냈다.

"이대로 두면, 결국은 다리 전체가 썩어갈 겁니다. 어떻게 하시겠습니까?"

"어떻게 하겠냐는 건, 혹 다리를 고칠 수 있는 다른 방법이라도 있다는 겁니까?"

나는 아주 작은 희망이라도 있는 것인가 하는 심정으로 물어보았다.

"아니요, 다른 방법은 없습니다. 한쪽 다리가 없는 개를 돌보는 일은 생각보다 훨씬 더 힘듭니다. 지금은 돌보기로 결정하셨다 해도 죽을 때까지 돌봐주지 못한다면 개에게 는 더욱 불행한 일입니다. 말씀드리기 어려운 말입니다만 안락사를 고려해보시는 것도……."

의사의 말은 충격적이었다. 엄청난 사고를 이겨낸 귀한 생명을 이제 와서 다리 한쪽을 쓰지 못하게 되었다는 이유 로 죽일 수도 있다니. 내가 치밀어 오르는 분노로 눈앞이 캄캄해지고 있을 때 아내가 말했다.

"그런 일은 생각도 해본 적이 없어요. 다리를 잘라야 하 는 것까지는 어쩔 수 없지만 안락사라니요. 절대 그럴 수 없습니다!"

아내의 목소리는 조금 떨렸지만 단호했다. 수의사도 좀 놀란 듯했지만 나 역시 아내의 단호함에 다시 한 번 놀랐다.

수의사 역시 개를 죽이는 것이 낫다고 생각한 것은 아닌 듯했다. 다만 우리에게 한번 맡은 개를 끝까지 책임져야 한 다는 말을 하고 싶었던 것이 아닐까. 게다가 평범한 개와는 다른 특별한 개가 아닌가.

개가 체력을 회복하는 대로 다리를 수술하기로 한 뒤, 우 리는 병원을 나왔다. 아내는 그날 이후, 날마다 개를 만나러 병원에 다녔다. 내가 회사에서 돌아오면 자연스럽게 개에 대한 이야기로 대화를 이어갔다. 아내는 그날그날 개가 어땠는지 나에게 하나하나 보고했다.

"오늘은 하나가 조금씩 밥을 먹기 시작했대!"

아내가 무척 기쁜 목소리로 내게 말했다. 나는 물었다.

"언제부터 '하나'라는 이름을 붙였어?"

"초등학교 때 내 친구랑 정말 많이 닮았어. 그 친구 이름이 하나였거든."

아내는 미소를 지으며 그렇게 말했다.

얼마 뒤 절단한 다리도 깨끗하게 아물었다. 마침내 우리는 하나를 집으로 데리고 돌아왔다. 하지만 하나는 낯선 장소와 모르는 사람들과의 생활을 겁내고 있었다. 우리가 하나에게 아무리 다정하게 대해줘도 하나와의 거리는 생각처럼 쉽게 좁혀지지 않았다. 밥을 줘도 냄새를 맡기만 할 뿐 먹지 않을 때가 많았다. 하나는 하루 종일 바닥에 몸을 웅크린 채 누워 있었다. 옛 주인과 옛 집을 그리워하고 있는 것이 분명했다.

이런 방법으로 해결될 거라 기대한 것은 아니었지만, 애견용 장난감을 사다 주었다. 예상대로 하나는 거들떠보지도 않았다. 우리 둘은 잠든 하나를 어루만져주는 것밖에 해줄 것이 없었다.

그래도 산책은 거르지 않았다. 회사에서 돌아오면 하나를 안고 마을을 한 바퀴 돌았다. 하나에게 조금이라도 바깥 바람을 쏘여주고 싶었다. 주말 산책은 밤 깊은 공원에서 했다. 사람이 많은 낮 시간의 공원은 하나가 무서워했기 때문이다. 그리고 우리 역시 다리 한쪽이 없는 하나를 바라보는 사람들의 호기심 어린 시선을 견디기 힘들었다.

하나와 함께 공원 잔디밭에 누워보았지만 하나는 일어나 보려고 시도조차 하지 않았다. 호기심에 눈을 초롱초롱하게 뜨고 주변을 살피는 것도 잠시 아주 작은 소리만 나도 귀와 몸을 움츠리고 몸을 가늘게 떨었다.

집에서는 매일 웅크리고 잠만 자려고 했다. 때때로 이제는 없어져버린 다리를 들어 귀를 긁적이려고 했다. 다리가 없어졌지만 감각이 남아 있는 걸까? 그런 하나의 모습을 바라보고 있자면 마음이 아팠다. 한쪽 다리를 잃은 것 외에는 이미 건강은 다 회복이 되었지만, 하나는 삶의 의욕이 모두 사라진 것처럼 보였다. 사랑하는 주인을 잃은 것도 모자라 다리마저 잃은 하나에게 어쩔 수 없는 일이었는지도 모른다.

하나가 우리 집에 온 지 3주 만에 예정보다 이틀 늦게 그

토록 기다리던 아기가 태어났다. 건강한 여자아이였다. 나는 종이에 '모모코'라고 써서 벽에 붙였다. 아내는 다른 종이에 '하나'라고 써서 벽에 붙였다.

"한 번에 두 여자아이의 부모가 되다니, 우리는 행복한 사람들이네."

아내의 그 말에 강한 모성애가 느껴졌다. 아내는 하나 옆에 아기이불을 깔고 낮에는 그곳에서 모모코를 재웠다. 하나는 아기 울음소리에 놀라기도 했지만, 아기 울음소리를 싫어하지도 않았고 불편해하지도 않았다. 그냥 관심이 없는 듯이 보였다.

그리고 언제부터인가, 하루 종일 큰 소리로 울거나 자거나 멍하니 먼 곳을 바라보는 게 전부인 모모코를, 하나가 조용히 관찰하기 시작했다. 아내가 젖을 먹일 때면 하나는 코를 가져다 대고 킁킁 냄새를 확인하곤 했다. 기저귀를 갈아줄 때도 그랬다.

모모코가 옹알이(생후 2~3개월부터 아기들이 '아-' '무-' '마-' 등의 소리를 내는 것을 말한다. 발성과 언어 발달이 시작되는 시기)를 시작하자 하나도 동요하기 시작했다. 울음소리밖에 못 내던 모모코가 내는 옹알이 소리가 무척 신기한 듯했다. 아내가 하나를 모모코 옆으로 더 가깝게 옮겨주면,

하나는 안심한 듯 조용히 모모코를 관찰했다.

그러면서 하나는 조금씩 달라졌다. 자신의 힘으로 조금씩 움직여보기 시작한 것이다. 처음엔 서툴렀지만 곧 세 다리로 껑충껑충 걸을 수 있게 됐다. 하나는 껑충껑충 걸어서 모모코가 잘 보이는 위치로 와서는 모모코를 찬찬히 바라보았다.

모모코의 움직임이 많아지자 하나는 더욱 눈을 반짝거리며 관찰하기 시작했다. 모모코가 손발을 허공에 휘저으며 움직일 때마다, 하나도 그에 따라서 상하좌우로 얼굴을 움직였다. 모모코의 움직임을 하나라도 놓치지 않으려는 것처럼 보였다.

모모코는 하나의 보살핌 속에서 무럭무럭 자랐다. 하나도 마찬가지였다. 모모코가 자라면서 움직임이 많아질수록 하나 역시 함께 활발해졌고 이제는 세 다리로도 아주 능숙하게 걸을 수 있게 되었다. 식욕도 좋아져서 모모코가 우유를 다 먹고 나면 하나도 밥을 먹었다.

하나는 절대 모모코 옆을 떠나지 않았다. 모모코가 울기 시작하면 부엌까지 아내를 부르러 왔다. 아내는 하나에게 "고마워. 하나야"라고 말하며 머리를 쓰다듬었다. 하나는 눈을 가늘게 뜨고 꼬리를 좌우로 흔들었다.

모모코도 하나를 보려고 몸을 뒤집고 기어가기에 열중했다. 하나가 오른쪽에 있으면 오른쪽으로 왼쪽에 있으면 왼쪽으로. 꼬무락거리기만 할 뿐 좀처럼 앞으로 나가지 못하는 모모코를 하나는 사랑스럽게 바라봤다.

기어다니기가 조금 수월해지자 모모코는 이제 무언가를 붙잡고 서기 시작했고, 오래지 않아 계단 오르기를 시도했다. 하나는 모모코의 뒤에 바짝 붙어서 계단을 올라가는 모모코를 걱정스럽게 지켜보았다. 하나는 모모코를 마치 자신의 아이처럼 대했다. 따뜻하게 바라보고 쓰다듬고 지켜주었다.

모모코가 두 살이 될 즈음엔 하나는 다른 개들과 견주어 다를 것이 없는 수준으로 좋아졌다. 살짝 불안정하긴 했지만, 세 다리로 무리 없이 달릴 수 있을 정도가 되었다.

모모코가 아무리 떠들어도 하나는 참을성 있게 들어주었다. 모모코의 말이 끝나면 "쿵" 하고 답을 해주는데, 진짜 모모코의 말을 알아듣고 그러는 건가 싶을 때도 있을 정도였다.

공원에서는 모모코와 술래잡기 놀이를 했다. 미끄럼틀을 타고 내려오는 모모코를 크게 꼬리를 흔들며 지켜보았고, 뛰다 넘어져 우는 모모코 곁을 조용히 지켜주었다. 하나는 하나의 방식으로 모모코를 키우고 있었다.

공원에서 하나의 인기는 엄청났다. 나는 다른 사람들이 호기심 어린 눈으로 바라보는 것을 걱정했지만, 쓸데없는 걱정이었다. 모모코와 하나가 공원에서 함께 노는 것을 모두 즐겁게 지켜봐주었고, 하나가 가는 곳마다 아이들이 모여들었다. 모모코의 친구들 사이에서 하나는 아이돌 같은 존재였다.

오봉(음력 7월 15일, 8월 중순에 걸쳐 있고 우리나라의 추석과 같다)이 얼마 남지 않았던 어느 날, 몇 년 만에 내 여동생이 집에 놀러왔다. 어렸을 적부터 유난히 동물을 싫어했던 여동생은 하나를 보자마자 "어머, 깜짝이야! 다리 잘린 개라니 너무 끔찍해! 왠지 으스스하고 불길해. 오빠는 왜 이런 개를 키우는 거야?"라고 말했다.

나는 당황했다. 재빨리 살펴보니 아내의 얼굴도 살짝 경직되어 있었다. 대체 이 자리를 어떻게 모면해야 할지 몰라 난처해하고 있을 때, 어린 모모코가 입을 열었다.

"고모는 하나가 끔찍해요? 왜요? 내 친구들은 아무도 하나에게 그렇게 말 안 하는데. 만약 다리가 없어서 끔찍하다고 하는 거라면 고모도 똑같아요. 고모는 눈썹이 없잖아요."

말을 마친 모모코는 해맑게 웃으며 하나를 데리고 밖으로 나갔다. 아내는 입가에 어린 웃음을 감추지 못한 채 내 여동생에게 "미안해요, 고모" 하고 사과하더니 서둘러 모모코를 쫓아 나갔다. 여동생은 입을 반쯤 벌린 채 멍하니 앉아 있었다. 얼이 빠진 듯했다.

"아이들은 참 솔직해. 있는 그대로 받아들이잖아. 나와 다른 것을 보고 나쁘다고 비난하거나 업신여기는 것은 어른들뿐이야. 사실은 아이들이 훨씬 제대로 된 삶을 살고 있는 거지."

나는 하나에게 감사했다. 하나가 아니었다면 모모코도 나도 아주 소중한 사실을 배우지 못했을지도 모른다.

"있는 그대로를 받아들이는 것"

당연하지만 잊기 쉬운 사실이다. 하나는 우리에게 그것을 가르쳐주었다. 하나는 하늘이 우리에게 준 고마운 선물이다.

To
Sunday
선데이에게

나는 이제
혼자가 아니야

간질을 앓던 나는
경련을 일으키고 쓰러질 때가 많았다.
다른 사람에게 피해를 줄까봐
언제나 가족이나 친구들과도 거리를 두었던 나.
그런 내가 선데이를 만나고 새로운 삶을 얻었다.

⁂

내 이름은 미키, 나에게는 오래된 병이 있었다.

간질, 갑자기 경련을 일으키며 의식을 잃고 쓰러져버리
는 병이다. 그저 잠시 발작을 일으킬 뿐, 생명에는 아무 지
장이 없다. 그러나 수술을 하거나 약을 먹는다고 완전히 고
치기도 어렵다. 평생 이렇게 병을 안고 살아야 할 수도 있
다. 발작을 진정시키는 약을 먹기는 했지만, 1년에 한 번은
꼭 발작을 일으켰다.

발작은 언제나 어떤 예고도 없이 갑자기 찾아왔다. 친구
들과 있을 때, 학교에서 수업을 듣고 있을 때, 물론 혼자 있
을 때도……. 언제 쓰러졌는지도 모른 채, 어느 순간 눈을
뜨면 구급차 안이다. 조금씩 선명해지는 의식 속에서 나는
항상 이런 생각을 했다.

'내가 또 쓰러졌구나……. 나는 죽을 때까지 이렇게 살아
야 하는 거겠지…….'

의식이 돌아온 뒤에 엄습해오는 말로 표현할 수 없는 외
로움, 아무리 노력해도 아무것도 해결할 수 없다는 절망감,

매번 이런 감정을 느껴야 하는 것이 다른 무엇보다 싫었다.

발작이 시작되는 순간, 정신을 차릴 때까지의 기억은 깡그리 지워진다. 내가 나 자신일 수 없는 시간. 그 시간은 불과 5분이나 10분에 지나지 않지만 그 잠깐이 나에게는 영원보다 길고 힘든 시간이었다.

다음 날까지 계속되는 온몸의 통증은 발작이 남긴 마음의 상처를 다시 떠오르게 했다. 전신근육통은 내가 어제 발작을 심하게 했다는 증거니까.

발작을 일으키는 내 모습을 누군가가 지켜보는 일, 언제나 생각하기조차 싫은 일이지만…… 어린 시절, 내가 발작을 일으켰을 때 함께 있던 친구들은 대부분 나를 진심으로 걱정해주었다. 하지만 중학교에 올라가자 초등학교 때와는 많은 것들이 달랐다. "괜찮아?"라고 묻는 친구들의 말에는 진심어린 걱정보다 경계심과 감출 수 없는 당혹감이 더많이 묻어났다. '괜찮아'라는 말의 뒤편에 숨겨진 차가운 말들은 내 마음에 더 깊은 상처를 줬다.

어느 순간부터 나는 친구라는 존재를 포기했다. 어쩔 수없는 일이라고 치부했다. 갑자기 심한 발작을 목격하게 되면 누구라도 놀라지 않을 수 없을 것이고, 어찌해야 할 바도 모르는 것이 당연하다. 나라도 그럴 것이라고 스스로를 위안했다. 간혹 함께 여행을 가자고 하는 친구들도 있었지만 내 쪽에서 거절했다. '여행 중에 내가 쓰러지기라도 한다면……' 생각만으로도 등이 서늘해졌다. 도저히 여행을 따라나설 용기가 나질 않았다.

'왜 나는 이런 병을 가지고 태어났을까?'

'내가 무슨 잘못을 했다고 이런 벌을 받는 걸까?'

'병을 고칠 수만 있다면 무엇이든 할 텐데.'

그런 생각으로 잠 못 이루던 밤이 얼마나 많았는지…….

'이런 나를 진정으로 이해해줄 수 있는 친구가 있을 리 없어.'

나는 그렇게 생각하기로 했다. 그래서 좋은 사람들을 만나도 늘 일정한 거리를 두었다.

'발작이 일어나면, 결국 나를 피하고 멀리할 거야.'

가족들은 당연히 나를 '병자'로 바라봤다. 언제나 불안한 눈빛과 목소리로 나의 모든 것을 체크하는 부모님의 과도한 걱정은 늘 나를 힘겹게 했다. '부모님에게 나는 짐일 뿐'이라는 불편한 마음이 나를 짓눌렀다.

"나를 내버려둬. 제발 병자 취급하지 마. 나는 그냥 보통 사람이야!"

사실 부모님에게 너무 미안했지만 말과 행동은 거꾸로

나왔다. 미안한 마음이 커질수록 나는 더 반항적인 아이가 되었다. 그런 내 모습도 가슴이 아프긴 마찬가지였다.

취직을 하면서 집에서 독립을 했다. 부모님이 걱정했지만 나는 고집을 꺾지 않았다. 이번 기회를 놓치면 나는 영영 부모님의 짐으로 살아야 할지도 모른다고 생각했기 때문이다. 다행히 친척 아주머니 소유의 작은 집을 빌릴 수 있었다. 집에서 그리 멀지 않은 곳이었지만, 나는 그때 드디어 독립된 인간으로서 첫 발을 떼는 것 같은 벅찬 감정을 느꼈다.

'이곳에서는 아무도 나를 병자로 바라보지 않아.'

나는 처음으로 맛보는 해방감을 만끽했다. 언제 일으킬지 모르는 발작에 대한 두려움이 있는 건 사실이었지만, 나를 모르는 곳에서 새출발한다는 설렘은 나를 행복하게 했다.

새로운 회사 생활은 긴장의 연속이었다. 나는 평소보다 열심히 약을 먹었고, 병원도 거르지 않고 다녔다. 긴장과 스트레스는 발작을 일으키는 주요한 원인 중 하나였기 때문이다.

'부디 회사에서 발작이 일어나지 않게 해주세요……'

나는 오직 그것 하나만을 간절히 빌며, 되도록 사람들이 많은 곳은 피하면서 규칙적인 생활을 해나갔다.

그렇게 입사를 하고 반년이 지났다. 발작도 일어나지 않았고, 혼자 사는 것도 순조로웠다. 입사 동기들과 함께 어울리는 것도 제법 잘해내고 있었다. 물론 일정한 거리를 두고 지냈다. 내가 언제 병자로 전락할지 알 수 없으니까……

"우리 집 테리어(영국이 원산지인 작은 애완용 개)가 강아지를 낳았는데 얼마나 귀여운지 몰라. 미키, 우리 집에 강아지 보러 가지 않을래?"

동기 중 하나인 치나츠 씨가 나를 초대해주었다. 사실 나는 강아지를 별로 좋아하지 않았다. 동물을 키워본 적이 없었고, 강아지에게 무엇을 어떻게 해줘야 하는지도 잘 몰랐다. 하지만 평소 늘 다정하게 대해주는 치나츠 씨의 초대를 냉정하게 거절하기가 미안했다. 얼버무리듯 대답을 해놓고 결국 거절할 만한 적당한 이유를 찾지 못해, 퇴근 후 얼떨결에 치나츠 씨의 집에 가게 되었다.

치나츠 씨의 집에 있던 두 마리의 강아지는 태어난 지 4개월이 되었다고 했다. '새끼 강아지'라고 부르기엔 이미 멋진 테리어의 모습을 하고 있었다.

"벌써 이렇게 커버렸으니 이젠 우리가 키울 수밖에 없을 것 같아……."

개를 세 마리나 키우기는 부담스럽지만 키울 사람을 찾지 못했다면서, 치나츠 씨는 체념한 듯이 그렇게 말했다.

우리가 이야기를 나누는 동안에도 강아지들은 방 안 여기저기를 휘젓고 다니면서 정신없이 놀았다.

"와– 진짜 열심히 노네요."

내 말을 들은 치나츠 씨는 크게 웃었다.

"그야 당연하지. 저 아이들한테는 노는 게 일인 걸."

얼마나 시간이 흘렀을까? 강아지 한 마리가 쪼르르 내 품으로 달려들었다. 내 몸에 찰싹 붙어서 킁킁거리며 냄새를 맡더니 나중에는 얼굴을 핥기 시작했다. 나는 놀라서 몸을 뒤로 젖히면서 강아지의 다소 과하게 다정한 인사를 견뎌냈다. 치나츠 씨는 웃으며 "미안해"라고 했지만, 내가 그리 싫어하는 것으로 보이지 않았는지 강아지를 떼어내려고는 하지 않았다.

한바탕 요란한 인사가 끝나자, 강아지는 내 다리를 베고 잠이 들었다. 강아지의 따뜻한 체온이 다리를 통해 전해졌다. 이런 느낌은 처음이었다. 떨리면서도 어쩐지 기뻤다.

'누군가 나에게 의지를 한다는 건 이런 느낌이구나.'

"미안해. 잠들면 침을 흘릴지도 몰라."

치나츠 씨는 그렇게 말하면서 강아지를 데려가려고 했다.

"아, 아니야. 괜찮아요. 뭔가 굉장히 따뜻한 기분이 들어서 좋아요."

나는 허둥대면서 그렇게 말했다.

'따뜻하고 부드러워서 기분이 좋아.'

한 시간 정도 지났을 즈음 치나츠 씨는 "그럼 저녁 준비를 해볼까" 하면서 자리에서 일어났다.

어미 개도, 다른 새끼 강아지도 함께 일어나 치나츠 씨를 따라 부엌으로 가버렸다. 하지만 내 옆에서 잠들었던 강아지는 내 옆을 떠나지 않았다. 나는 강아지를 살포시 안아서 들어 올려 보았다. 녀석은 똘망똘망한 눈으로 내 눈을 바라보며 작은 꼬리를 흔들고 있었다.

"평소라면 다른 녀석들보다 먼저 달려와 밥 달라고 조르는데 별 일도 다 있네."

치나츠 씨는 고개를 갸웃거리면서, 꼬리를 흔들고 있는 강아지를 바라보았다. 강아지는 내가 화장실에 갈 때도, 부엌에서 상을 치울 때도, 나에게서 떨어지지 않고 끊임없이 꼬리를 흔들며 따라다녔다.

"보통은 사람이 개를 선택하는 게 일반적이지. 어느 아이가 좋을까 하면서. 그런데 오늘은 좀 다른 것 같네. 개가 사람을 선택하는 느낌이랄까? 이 아이, 미키가 좋은가봐."

평소 강아지에 관심조차 없는 나였는데, 그런 말을 들어도 전혀 이상하지 않았다. 오히려 강아지가 나를 선택해준 것에 기쁜 마음마저 들었다.

하지만 문득 다른 사람 집에 너무 오래 머물렀다는 생각이 들어 불안해졌다. 이러다 발작을 일으키기라도 하면 큰일이다. 자리에서 일어나 집에 가겠다고 말하려는데, 얌전하던 강아지가 갑자기 버둥대면서 내 다리를 할퀴듯 장난을 치기 시작했다. 아직 어린 강아지답게 가늘고 높은 울음소리를 내며 짖기까지 했다.

"왜 그러니?"

서 있던 나는 쪼그리고 앉아 강아지를 안았다.

순간 나의 기억은 끊어졌다. 발작이 일어난 것이다. 무엇인가 얼굴에 닿는 느낌에 눈을 뜨자, 처음 보는 천장이 눈에 들어왔다. 강아지가 내 얼굴을 핥아주고 있었다. 내 머릿속은 '이제 끝이구나'라는 생각으로 가득했다. 나는 절망감에 휩싸였다.

"깜짝 놀랐어. 어떻게 해야 좋을지 몰라서…… 당황하

긴 했지만. 그보다 이 녀석, 미키 옆을 떠나려고 하질 않았
어…….”

나는 나의 병에 대해 치나츠 씨에게 털어놓았다.

“많이 놀라셨죠? 죄송해요. 진작 말씀드려야 했는데…
…….”

“아니야. 그게 미키 잘못도 아닌데 뭐. 전혀 사과할 필요
없어. 그나저나 발작이 일어나기 전에 몸에 어떤 변화라도
있는 거야?”

치나츠 씨가 물었다.

“아니요. 전혀 알 수 없어요. 언제나 갑자기 일어나는 일
이라…….”

“그치만, 저 아이. 미키가 쓰러질 것을 알고 있기라도 한
것처럼, 앉게 하려고 보채는 듯이 보였는 걸. 그래서 나는
뭔가 전조라도 있는 건가 하고 물어본 거야.”

나는 다시 한 번 강아지를 안아 보았다.

“발작으로 쓰러지기 전에, 네가 나에게 ‘앉아’라고 말한
거니?”

그런 것 같기도 했다. 꼬리를 흔들면서 나를 가만히 응시
하는 이 강아지가 어쩐지 나의 수호천사처럼 느껴졌다.

집에 돌아와 혼자 식사를 마친 다음에도, 세수를 하면서

도, 자려고 누워서도 머릿속에서 그 강아지가 떠나질 않았다. 내 품에 안긴 강아지의 까만 눈동자에 비친 내 얼굴, 개를 다루는 방법도 모르고, 개를 좋아하지도 않았던 나의 웃는 얼굴도 떠올랐다. 그런 내 모습이 나도 낯설었지만 전혀 싫지 않았다. 무엇보다 마치 발작이 일어날 것을 알기라도 한 것처럼 나에게 달라붙어 있으려 했던 일들이 너무나 신기하게 느껴졌다.

다음 날 회사 식당에서 치나츠 씨와 한 자리에 앉았다. 어제 일 때문에 어색할 수도 있었을 텐데 치나츠 씨는 평소와 다름없이 대해주었다. 치나츠 씨가 강아지에 대한 이야기를 꺼내길래 용기를 내어 물었다.

"강아지는…… 어떻게 키워요?"

치나츠 씨는 미소를 지으며 대답했다.

"함께 놀고 산책하고 밥을 먹고 함께 자. 그것뿐이야. 미키, 어때? 함께 살아볼 테야? 힘들면 언제든 내가 다시 데려올 테니까."

뭔가 석연치 않았던 것들이 치나츠 씨의 한 마디로 말끔하게 사라져버렸다. 나는 그 강아지를 데려오기로 했다.

주말, 약속대로 치나츠 씨가 강아지를 데리고 와주었다. 나는 조금 긴장한 상태로 강아지를 안아 보았다. 까만 눈동자에 나의 웃는 얼굴이 비쳤다. 일요일에 온 그 아이에게, 나는 '선데이'라는 이름을 붙여주었다.

선데이가 오고 나서부터 나의 생활은 조금씩 달라졌다. 언제 일어날지 모르는 발작 때문에 혼자서 걸어다니는 것도 꺼려했던 내가 선데이를 산책시키기 위해 밖으로 나가는 시간이 늘어났다. 선데이와 함께 산책을 시작하면서 우리처럼 개를 데리고 나온 사람들과 인사를 나누고 함께 웃고 이야기를 나누는 일이 많아졌다. 선데이 덕분에 나의 활동 범위도 대인관계도 넓어지고 있었다.

지금까지 무리라고 생각하고 지레 겁먹고 포기했던 일들이 선데이와 함께 지내면서 조금씩 가능한 일로 바뀌어갔다. 선데이는 변함없이 내 옆을 떠나지 않았다. 집 안에서는 어디든지 따라왔다. 목욕을 할 때도 화장실에 갈 때도. 휴일에는 하루의 대부분을 내 옆에서 보냈고, 밤에도 침대에서 함께 잠들었다.

"선데이는 정말 외로움을 많이 타는구나."

나는 그렇게 말하면서 매일 밤 선데이를 안고 잤다. 선데이와 지내는 하루하루가 즐거웠다. 일을 마치고 집에 돌아오면 선데이가 현관에서 기다려주었다. 더 이상 혼자가 아니라는 사실이 너무나 행복했다.

내가 집에 돌아오면 선데이는 한참 동안 내 품에 안겨 나의 냄새를 맡았다. 얼굴을 핥고 입을 맞추기도 했다. 그렇게 선데이의 사랑을 받으며 나의 일상은 순조롭게 흘러가고 있었다. 선데이 때문인지 약 때문인지 발작은 그날 이후 일어나지 않았다.

"부디 이대로 발작 없이 지낼 수 있기를."

나는 매일 밤마다 기도를 하고 잠이 들었다. 그 절망감과 고독감은 더 이상 느끼고 싶지 않았다. 선데이가 할퀴듯 매달리면 나는 바로 자리에 앉았다.

꿇어앉은 나를 안심한 듯 바라보는 선데이의 눈.

나의 얼굴을 핥으며 코로 얼굴을 부비는 선데이.

그럴 때면 나는 그대로 자리에 누워 선데이를 안고서 잠들었다. 그리고 잠들기 전에 이렇게 생각하는 것이다.

'나는 이제 혼자가 아니야. 지금 나에게 필요한 것은 최신 의료기술도 아니고 구급차도 아니야.'

내가 그토록 원했던 건, 눈을 떴을 때 느끼는 안도감, 혼자가 아니라는 마음이었다. 선데이가 내 곁에 있다는 사실이 나를 안심시켰다. 이제는 더 이상 절망적이거나 고독하지 않았다.

선데이, 네가 함께 있어줘서 나는 정말 행복해.

선데이와 만나서 다행이야.

여기 있어줘서 고마워.

나를 선택해줘서, 정말 고마워.

To
Max

맥스•에게

우리 함께 천천히
행복해지자

언제나 강한 척 하면서 혼자 살아온 나.
두려움에 이빨을 드러내며 으르렁거리던 너는,
마치 내 모습을 보는 것 같았어.
너를 만나고 난 뒤 나의 모든 것이 달라졌어.

　　　　　＊ ＊ ＊

　그 시절 나에게 버리지 못할 것이란 아무것도 없었다. 당장 살고 있던 아파트가 화재로 모두 불타 없어진다 해도, 나는 분명 눈 하나 깜짝하지 않았을 것이다.

　무소유, 이것이 내가 선택한 내 삶의 방식이었다.

　나는 '결혼을 하지 않는 인생'도 스스로 선택했다. 번거로운 인간관계는 직장에서 겪는 것으로 충분했고, 책임져야 한다는 중압감도 일을 하면서 이미 넘칠 만큼 경험하고 있었다.

　혼자 있을 때가 가장 좋았다. 원하는 시간에, 원하는 일을 하고 싶은 만큼 할 수 있다. 더 이상 무엇이 더 필요할까…… 그렇게 생각했다.

　내가 살던 아파트는 워낙 오래 된 곳이라 애완동물을 키울 수 있었지만, 나는 애완동물을 기르지 않았다. 엘리베이터에서 개를 안고 있는 주민과 마주칠 때면 '왜 저렇게 사서 고생을 하나' 하는 생각밖에 들지 않았다.

그해 봄 생일, 내가 마흔이 된 날 생일 휴가를 받아 집에서 혼자 빈둥거리며 놀고 있었다. 갑자기 엄청난 강도로 집이 흔들리기 시작했다. 제대로 서 있을 수 없을 정도로 지진이 계속되었다.

'이게 대체 무슨 일이지?'

텔레비전을 켜자 TV 화면에는 도저히 현실이라고는 믿을 수 없는 끔찍한 풍경이 나오고 있었다. 바로 동일본대지진이 일어나던 날이었다. 그날 이후 텔레비전에서는 다음 날도 그 다음날도 재해 지역의 참혹한 모습이 끊이지 않고 흘러나왔다.

그러나 이렇게 큰 재해가 일어났는데도, 나의 생활은 그다지 달라진 것이 없었다. 다소 불편하기야 했지만, 매일 아침 회사에 가고 저녁이면 집으로 돌아오는 똑같은 일상이 반복되고 있었다.

대지진이 발생한 지 한 달 남짓 지날 즈음, 나는 회사에서 돌아와서 평소처럼 TV를 켰다. 텔레비전 화면에는 지진으로 주인을 잃은 애완동물들이 나오고 있었다. 방송은 아직도 많은 애완동물들이 재해 지역에서 주인이 돌아오기만을 기다리고 있고, 집과 주인을 잃은 애완동물들을 위한 새로운 입양처를 찾고 있다고 전했다.

나는 사진으로 구성된 그 방송에서 눈을 뗄 수가 없었다. 방송을 보는 내내 뭐라 표현할 수 없는 감정이 복받쳐 올랐다. 어느새 나는 눈물을 흘리고 있었다.

수많은 사진 속 한 장의 사진을 보는 순간 그동안 단단한 벽처럼 서 있던 내 마음 한구석이 무너져내렸다. 추위와 배고픔, 그리고 공포로 몸을 떨면서 철장 저 안쪽에서 귀를 바짝 세우고 하얗게 이를 드러내고 으르렁거리는 개 한 마리. 화면이 바뀌어도 내 머릿속엔 강아지의 '그 순간 그 표정'이 머리에 꽉 차서 떠나질 않았다. 사납게 드러낸 이빨과 달리 혼자 남겨진 것이 너무 무섭고 외롭다고 말하는 듯한 강아지의 애달픈 눈빛.

자막으로 나오는 자원봉사 단체의 이름과 연락처를 급히 받아 적고 전화번호를 눌렀다. 그 강아지를 살리고 싶다는 생각뿐이었다. 이미 밤 9시가 넘은 시간이었지만, 자원봉사자들은 친절하게 전화를 받았다. 나는 텔레비전에서 본 강아지에 대해 물었다.

자원봉사자는 "사진을 촬영할 당시보다는 공격적인 면이 줄었지만 지금도 사람에게 마음을 열려고 하지 않는다"고 했다. 나는 "모레까지 그곳으로 가겠습니다"라는 말을 건네고 전화를 끊었다.

다음 날 나는 하루 종일 떠날 채비로 분주했다. 재해 지역보다 조금 더 먼 곳이었지만, 자원봉사 단체가 있는 곳까지는 교통이 좋지 않아 직접 차량을 준비해서 갈 수밖에 없었다. 차를 빌리고 강아지가 먹을 음식도 챙겼다. 보호센터에 있는 다른 강아지들을 위해 도그푸드와 물도 샀다. 그리고 커다란 여행용 켄넬(개를 위한 여행용 캐리어)도 준비했다. 그 강아지를 이 케이스에 넣어 집까지 돌아올 것이다.

회사에 전화를 걸어 남은 유급휴가를 전부 쓰겠다고 신청했다. 수락되지 않으면 어쩌나 걱정했는데, 회사에서는 시원하게 허락해주었다. 내가 없으면 일이 진행되지 않는다고 생각하고 있었건만, 그건 나만의 착각이었다. 내가 아니면 안 되는 일 따위 없었다.

다음날 아침 나는 그곳으로 달렸다. 서투른 운전 탓에 4시간이나 걸렸다. 그곳에는 수많은 개와 고양이가 있었다. 잠깐 맡겨진 개도 있었고, 하염없이 주인이 오기만을 기다리는 개도 있었다.

전화로 이야기를 나눴던 자원봉사자가 마중을 나와 주었다. 그는 조립식 건물 안으로 나를 안내했다. 방 안 가장 구석에 그 강아지가 있었다.

"이 아이는 지진이 일어난 이후에 길을 잃고 헤맸던 모양입니다. 주인을 찾아다니고, 먹이를 찾아다니면서. 저희가 찾아서 보호하기 전까지…….”

나는 그의 설명을 여기까지밖에 기억하지 못한다. 철장 안에서 불안에 떨며 웅크리고 있는 그 강아지에게 온통 마음을 빼앗겨서 아무 소리도 들리지 않았기 때문이다. 텔레비전에서 처음 보았을 때의 그 애달픈 모습이 떠올랐다. 강아지는 그때처럼 코끝을 찡그리고 이를 드러낸 채 으르렁대고 있었다.

‘저 아이는 지금 두려운 거야…….’

지진으로 일어난 극심한 환경의 변화가 이 아이에게 지울 수 없는 공포를 심어준 것 같았다.

“……이 아이, 제가 데려가도 되겠습니까?”

내가 울먹이는 목소리로 이렇게 말하자, 그는 놀란 얼굴로 나를 쳐다보았다. 크게 한 번 숨을 들이쉬고, 그는 천천히 이야기를 시작했다.

“이 아이는 아직 사람을 믿지 못합니다. 몸에 손이 닿는 것조차 싫어합니다. 이 아이는 주인에게 버림받았다고 생각하고 있습니다. 당신은 당신이 좋아하는 사람의 믿음을 얻기 위해서 어떤 일을 하실 수 있으십니까? 생각하시는 그런 일들을 이 개를 위해 해주실 수 있으십니까? 익숙해질 때까지는 '인내'의 날들이 계속될 겁니다. 그래도 키우실 수 있으시겠는지요?"

물론 키울 수 있을 리가 없었다. 이제껏 누구를 좋아한 적도, 좋아하는 사람을 위해 노력해본 적도 없는 나였다. 그러나 나는 "키울 수 있습니다"라고 분명하게 대답했다. 그밖에는 다른 어떤 생각도 할 수 없을 만큼 나는 절박했다.

바로 차에 실어온 커다란 켄넬에 강아지를 옮겼다. 강아지는 자원봉사자가 살짝 잡기만 해도 금세 코끝을 찌푸리고 이를 드러내며 신음소리를 냈다. 그래도 물거나 다른 반항을 하지는 않았다. 다만, 사람이 무서웠던 것이다.

나는 여러 가지 주의사항을 듣고 서류에 사인을 한 다음, 집으로 출발했다. 서툰 운전 탓에 차가 흔들리고 강아지가 크릉…… 하는 신음소리를 낼 때마다 마음이 콩닥거렸다.

강아지를 데려온 그날부터 내 마음속은 지금껏 느껴본 적 없는 책임감과 의무감으로 꽉 차올랐다. 고생을 사서 하기 시작한 것이다. 스스로도 어이없을 정도로 놀라운 결단과 행동이었다.

집에 도착하자마자 미리 정해둔 곳에 켄넬을 놓았다. 쓸데없는 소음으로 시끄럽지 않도록 텔레비전도 켜지 않았다. 사료는 하루 세 번, 시간을 정해서 다정하게 말을 걸어

가며 주었다. 되도록 불필요한 자극은 주지 않기 위해 노력
했다.

새로운 이름도 지어주었다. 몇 가지 이름을 두고 고민했
지만 언젠가 최고로 행복해지길 바라는 마음으로 '맥스'라
는 이름을 붙여주었다. 맥스가 최고의 행복을 누리기를 바
랐다.

3일째부터는 켄넬의 문을 열어두었다. 낮 시간에는 텔레
비전의 음량을 작게 맞춰서 켜두고, 일상생활에서 나는 소
리에 익숙해지도록 했다. 설거지를 할 때 나는 소리, 화장
실 변기에서 물이 내려가는 소리, 세탁기 소리, 내가 걸어
다니는 소리.

하지만 켄넬 문이 열려 있어도 맥스는 한 발도 나오지 않
았다. 5일째가 되어서야 맥스는 눈을 위로 치켜뜨고는 킁
킁 조심스럽게 냄새를 맡아가며 켄넬에서 천천히 나왔다.
나는 움직이지 않고 가만히 눈으로만 맥스의 움직임을 쫓
았다.

아직 경계를 늦추지 않고 있다는 것은 한눈에 알 수 있었
다. 갑자기 텔레비전에서 큰소리가 나자, 깜짝 놀란 맥스
는 뛰듯 켄넬 안으로 들어가버렸다. 그리고 그날은 더 이상
나오지 않았다.

그날 이후 맥스는 켄넬에서 조금 나왔다가는 다시 들어 가기를 반복했다. 조금씩 좋아지는가 하면, 한 번도 나오지 않는 날도 있었다. 세 발 전진하고 두 발 후퇴. 이것이 자원 봉사자가 말해준 '인내'라는 것이겠지.

'이대로 아무런 진전이 없으면 어떡해야 하나?'

이런 생각을 하면서 소파에 기대어 천장을 바라보고 있었다. 평소처럼 천천히 켄넬에서 나온 맥스는 냄새를 맡아 가며 방 안을 한 바퀴 돌았다. 그리고 내 발 앞으로 와서 한 참 동안 나의 냄새를 확인했다. 무언가를 생각해내듯이 기억해내려는 듯이…….

그런 다음 맥스는 켄넬로 돌아가지 않고, 방 한쪽 구석으로 가서 웅크리고 앉았다. 이것은 일대 진전이었다. 나는 맥스가 아주 조금이지만 나를 받아들여준 것 같아 기뻤다.

그날 이후 맥스는 켄넬에서 나와 방 한쪽에 앉아 있는 시간이 많아졌다. 전보다 생활 소음에도 익숙해졌다. 텔레비전 소리나 세탁기 소리 그리고 내 발자국 소리나 동작에도 흠칫 놀라거나 떠는 일이 없어졌다.

할 수만 있다면, 맥스를 안아주고 싶었다. "괜찮아, 잘 될 거야"라고 말하면서 쓰다듬어주고 싶었다. 하지만 맥스가 마음을 여는 것이 먼저였다.

'마음 졸인다고 되는 일이 아니야. 맥스가 준비가 될 때까지 기다려야 해.'

나는 서두르는 마음을 버리고 그저 맥스를 지켜보기로 했다.

휴가가 끝나고, 나는 일상으로 돌아갔다. 이전엔 야근을 한다는 핑계로 회사에 남는 날이 많았지만, 맥스가 온 이후로는 달라졌다. 무슨 일이든 그때그때 처리하고 정시에 퇴근하기 위해 일에 집중했다. 회식자리도 모두 거절했다. 쓸데없는 쇼핑을 하느라 시간을 쓰는 일도 그만두었다.

집에서 내가 돌아오기를 기다리는 존재가 있다고 생각하면, 전철의 개찰구를 빠져나가기 위해 줄을 서는 시간도 아까웠다. 1초라도 빨리 집으로 돌아가서 맥스를 보고 싶었다.

아파트에 도착해서 엘리베이터에서 내리면, 나는 일부러 집 현관까지 발소리를 크게 내면서 걸어갔다. 맥스에게 내가 돌아왔다고 알리기 위해서였다. 하루 종일 함께 있을 수는 없지만, 나는 반드시 네가 있는 곳으로 돌아온다. 나는 크게 울리는 발소리로 그 말을 전하고 싶었던 것이다.

한 달이 지났지만, 맥스와의 거리는 더 이상 좁혀지지 않았다. 서로 더 가까워지지도 멀어지지도 않는 상태가 계속

되는 생활이었다.

"맥스, 밥 먹자."

맥스에게 먹일 밥을 준비하면서 그렇게 말을 걸면, 맥스는 귀를 쫑긋 세우고 가만히 내 행동을 지켜본다. 내가 먹이를 놓아두고 어느 정도 떨어진 자리로 돌아가면, 그제야 천천히 먹이 앞으로 다가온다.

굶주림의 기억 때문일까. 맥스는 늘 탄성에 가까운 울음소리를 내며 밥을 먹는다. 몸에는 흉터도 많이 남아 있었다. 먹을 것을 빼앗기지 않기 위해 다른 개들과 위험한 싸움도 많이 벌였을 것이다. 그렇게 살아오면서 피폐해졌을 맥스의 마음을 생각하면 나는 항상 눈물이 났다.

"아무도 빼앗지 않아…… 맥스 앞에 있는 밥은 맥스 것이야. 천천히 먹어도 된단다……."

그렇게 혼잣말로 되뇌곤 했다. 앞으로 얼마나 이렇게 지내야 하는 걸까. 맥스는 과연 나를 받아들여줄까? 절망에 가까운 기분에 또 다시 눈물이 났다. 자원봉사자가 말했던 인내라는 것이, 이렇게 힘든 일일 줄은 생각지도 못했다.

맥스와 함께 지내기 시작한 지도 2개월이 다 되어갈 무렵 장마가 시작되고 있었다. 습도가 높아지고 우울해지기 쉬운 계절…….

나는 마루 소파에 기대어 앉아 핸드폰으로 메일을 보내고 있었다. 자원봉사 단체에 맥스의 상태를 보고하기 위해 정기적으로 보내는 메일이었다. 매번 같은 내용밖에 보낼 수 없다는 사실이 아쉬웠다.

그때 맥스가 방 안을 한 바퀴 돌기 시작했다. 걷는 모습이 의젓하기 그지없었다. 나는 들고 있던 핸드폰으로 맥스를 찍었다. 맥스는 '찰칵' 하는 셔터 소리에도 놀라지 않고 그대로 방 안을 걸었다. 그리고 내 발치로 온 맥스는 내 냄새를 확인하려는 듯 다가왔다. 나는 언제나처럼 미동도 없이 가만히 지켜만 보았다. 그리고 맥스가 가만히 내 발끝을 핥기 시작했다. 그때 그 놀라웠던 마음을 나는 아직도 잊을 수 없다.

그 다음 맥스는 나에게 자신의 체중을 의지하듯 기대어 앉았다. 맨발에 전해지는 맥스의 체온은 너무나 따뜻했다. 나는 천천히 맥스의 등을 어루만져 보았다. 천천히 부드럽게 몇 번이고.

눈에 눈물이 고였다. 목이 메어올 정도로 가슴이 아파왔다.

'체온이라는 것이 이토록 따뜻했구나……. 누군가가 나에게 기대는 것이 이렇게 행복한 일이었구나…….'

"맥스…… 나, 지금 참 행복해. 따뜻하고 부드럽고 정말로 행복해. 맥스, 고마워. 함께 있어줘서 정말로 고마워."

나는 소리내어 울고 있었다. 도대체 내 몸 어디에 이렇게 많은 눈물이 숨어 있었을까…… 싶을 정도로 끊임없이 눈물이 흘렀다.

맥스를 만나기 전까지, 나에게 '버리지 못할 것'이란 하나도 없었다. 하지만 이제는 다르다. 맥스가 있다. 지켜야 할 생명을 품에 안고 있다는 것은, 그것만으로 살아갈 힘이 솟아나게 한다.

"맥스, 우리 함께 천천히 행복해지자. 나 언제까지나 네 곁에 있을게."

To My Master

【 너에게 전하는 마음 】

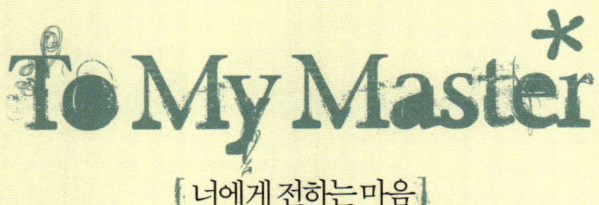

고마워, 그 말로는 부족해.
너를 만날 수 있어서, 정말로 다행이야.
나는 그것만으로도 행복했었다.
앞으로도 언제나 함께할 수 있기를……

From
Mofumofu

모후모후로부터

나는 이제
외톨이가 아니야

우리는 주인을 선택할 수 없다.
우리의 행복은 주인에게 달려 있지만
나는 나의 주인과 지내는 것이 행복하지 않았다.
그런 나에게 어느 날 작은 천사가 찾아왔다······.

* * *

햇볕이 쨍쨍 내리쬐는 무더운 여름에도, 눈보라가 몰아치는 추운 겨울에도, 몸 피할 지붕도 없는 곳에서 차가운 쇠줄에 묶인 채 살아야 했던 나. 행복이라는 단어는 나와 아주 멀리 있었다.

'나는 결국 이렇게 살다 죽겠지?'라는 생각을 하며 하루하루 살아갔다.

나도 몸집이 작았을 때는 집 안에서 귀여움을 받으며 살았다. 하지만 조금 자라서 덩치가 커지자 주인은 나를 집 밖으로 내쫓았다. 그리고 나는 그렇게 잊혀졌다…….

한때 하얗고 부드러웠던 털도 누렇고 뻣뻣해져 더러워진 지 오래였다. '물'이라고 쓰인 그릇에는 오래 전부터 빗물이 채워져 있었다. 그리고 아주 가끔 잔반이 채워졌다.

내가 밖에서 살게 되었을 무렵, 옆집에 아기가 태어났다. 아주 건강한 아기였는지 날마다 큰 소리로 울어댔다. 그리고 세월은 흘러 그 아기가 이제 학교에 다닐 나이가 되었다. 나는 날마다 더욱 더럽고 초라해졌고 아이는 점점 귀여운 여자아이로 자랐다. 나는 아이가 자라는 모습을 먼발치에서 지켜보았다.

어느 봄날 따뜻한 햇살과 푸른 하늘이 눈부셨던 오후, 현관 앞에 누워 있는 나에게 그 여자아이가 갑자기 찾아왔다.

"안녕, 나는 치이라고 해."

나는 깜짝 놀랐다. 대체 이 아이는 지금 누구에게 인사를 하고 있는 거지? 뒤를 돌아보았지만 아무도 없었다. 여자아이는 바로 나에게 말을 걸고 있었다. 나는 벌떡 일어나 여자아이를 쳐다보았다.

'설마…… 지금 나에게 인사한 거니?'

하지만 여자아이의 얼굴은 금방이라도 울음을 터뜨릴 것처럼 보였다. 내가 무서운 걸까…….

그때 여자아이는 홱 하니 등을 돌리고 쪼그려 앉았다. 그리고 그대로 천천히 내 쪽으로 뒷걸음질을 시작했다.

"치이는 나쁜 사람이 아니야. 아무 짓도 하지 않을게."

그렇게 말하며 천천히 내 곁으로 다가왔다. 뒤로 돌아앉아 뒷걸음을 치는 모습은 무서움을 무릅쓰고 나에게 가까이 오기 위한 이 아이의 필사적인 노력이었다. 뒷걸음으로 바로 내 코앞까지 다가온 여자아이의 등에서 아이의 긴장감이 느껴졌다. 나는 코를 갖다 대고 여자아이의 냄새를 맡왔다. 비누 냄새가 났다.

"이것 봐. 치이가 무섭게 하는 것 하나도 없지? 그러니까 우리 친구하자."

치이는 그렇게 말한 후, 살짝 뒤를 돌아보더니 피식 웃었다. 나도 꼬리를 살짝 흔들어 보였다. 너무나 기뻤다. 다음 날부터 나에게도 할 일이 생겼다. 치이가 놀러오기를 기다리는 것이 나의 일과가 됐다.

"네 이름은 지금부터 모후모후야. 복슬복슬하니까 모후모후! 어때? 맘에 들어?"

큰 소리로 "모후모후"라고 부르며 나를 찾아오는 치이. 나는 등을 돌려 치이를 맞이했다. 치이도 등을 돌리고 슬금슬금 뒷걸음쳐 왔다. 그리고 등과 등이 맞닿으면 치이는 기쁜 듯이 쿡쿡 웃어댔다.

치이는 매일 나를 만나러 와주었다. 나와 치이는 매일 여러 가지 놀이를 했다. 꽃을 넣어 만든 스프와 흙으로 빚은 경단(단고: 시럽을 묻힌 찹쌀경단)으로 소꿉놀이를 하고, 축구도 했다. 치이가 공을 발로 톡 차면 내가 코끝으로 받아친다. 물론 제대로 공놀이가 되지는 않았지만 치이는 언제나 몹시 즐거워했다.

치이는 많은 이야기를 해주었다. 학교 이야기며 아빠 이

야기, 엄마 이야기. 아빠도 엄마도 일을 하기 때문에 학교
에서 돌아와도 자기 혼자라는 이야기. 나는 태어나서 처음
으로 내일이 기다려졌고 그 기다림이 즐거웠다.

더럽고 냄새나는 깡마른 몸, 누렇게 바랜 털, 그런 나를
친구라고 부르며 매일 놀러와주는 치이. 치이가 온다는 생
각만으로도 마음이 설렜다. 생전 처음으로 느껴보는 감정
이었다.

여름이 오고 무더운 날씨가 이어지자 치이는 꽃무늬가
새겨진 예쁜 물통에 맛있는 물을 담아서 가져다주었다. 언
제나 더러운 구정물로 채워져 있던 내 물 그릇…….

"이렇게 더러운 물을 마시면 병이 생긴다니까. 아프면 치
이랑 놀고 싶어도 못 놀잖아? 그러니까 모후모후, 더러운
물을 마시면 안 돼. 알았지?"

치이의 따뜻한 마음이 나에게 그대로 전해졌다. 치이는
가끔 식빵 테두리 부분을 가져다주기도 했다.

"엄마는 알맹이만 먹으면 안 된다고 하는데, 치이는 여기
를 싫어해."라고 말하며 내 밥그릇에 넣어 주었다. '이렇게
맛있는데 치이는 왜 싫어하는 거야?' 하고 물어보고 싶을
때도 있었다.

여름방학이 되자 치이는 그림을 그리러 왔다. "영차, 영

차"하는 소리와 함께 무거워 보이는 그림 도구들을 어깨에 메고서……. 언덕 위에 있는 우리 집에서는 마을 풍경이 잘 보였다. 치이는 그 풍경을 열심히 그렸다.

"여름방학 숙제야. 모후모후, 방해하면 안 돼."

치이는 꽤 진지했다. 하지만 종이에 그려진 그림은 뭐랄까 네모난 상자만 가득 그려놓은 것처럼 보였다. 마을 풍경 그리기를 마치자, 치이는 그 다음으로 나를 그려주었다.

"모후모후, 움직이면 안 돼!"

치이의 말대로 나는 얌전히 앉아 있었다. 그러나 완성된 내 그림은 역시 뭐랄까 커다란 갈색 덩어리로밖에 보이지 않았다. 웃으면 안 된다고 다짐을 했는데도 너무 웃음이 나서 꼬리가 저절로 흔들렸다. 그래도 치이는 열심히 내 그림을 그려주었다. 그 그림을 보면서 "나도 살아갈 이유가 있다"는 생각이 들었다.

여름도 끝이 나고 가을이 오고, 또 겨울이 가까워왔다. 아침저녁으로 추위가 매서워지던 어느 날, 치이가 금방이라도 울음을 터뜨릴 듯한 얼굴을 하고 나를 찾아왔다.

"있잖아, 엄마가 모후모후랑 놀면 안 된대. 모후모후가 더러워서 같이 놀면 내가 병에 걸릴 수도 있어서 그렇대……. 어떻게 그런 말을 할 수 있지? 모후모후는 치이의 가장 친한 친구인데…….”

치이는 그렇게 말하며 나를 꼬옥 껴안았다.

‘치이…… 엄마 말씀이 맞아. 나, 정말로 냄새나고 더러운 걸. 정말로 치이 엄마가 말한 대로 네가 병에 걸릴지도 몰라. 이렇게 엄마에게 혼나기 전에 처음부터 내가 너를 쫓아냈더라면 좋았을 걸……. 하지만 나는 그럴 수 없었어. 치이가 나에게 와주지 않을까봐 너무 두려웠으니까. 계속 함께 있고 싶었어. 미안해, 나만 생각해서……. 지금이라도 너를 보내야 해.’

“컹, 치이, 이제 집으로 돌아가!”

가슴이 찢어질 듯 아팠지만 나는 치이를 향해 크게 짖었다.

바로 그때 어쩐 일인지 주인이 집에 왔다. 주인은 치이와 함께 있는 내 모습을 보고 깜짝 놀란 얼굴이 되었다. 그리고 놀란 표정은 이어 성난 표정으로 바뀌었다. 성큼성큼 걸어서 나에게 다가오더니 갑자기 발로 내 배를 걷어찼다. 나는 너무 아파서 비명을 질렀다.

치이는 망연자실한 표정으로 그 자리에 선 채 미동도 하지 못했다.

'치이까지 때리면 어떡하지? 내가 지켜줘야 해.'

나는 아픔을 참고 일어서서 치이에게 다가갔다. 그런 나를 보고 주인은 고함을 지르며 다시 발길질을 했다.

"지금 뭐 하는 거야. 아이를 물 참이었냐. 이 멍청하고 더러운 개새끼 같으니!"

나는 계속 얻어맞았다. 그리고 마지막으로 세차게 발로 배를 걷어차더니 집으로 들어가버렸다. 배에 통증이 몰려왔다. 너무 아파서 나는 그 자리에서 웅크린 채 주저앉았다. 치이는 줄곧 움직이지 못하고 내 앞에 계속 서 있었다.

'치이, 미안해. 나는 괜찮으니까 집으로 돌아가. 치이, 무섭게 만들어서 미안해……'

치이는 놀라움과 공포로 얼굴이 일그러져서 천천히 뒷걸음치며 도망치듯 집으로 돌아갔다. 나는 발에 차인 배의 아픔보다 치이에게 이렇게 무서운 광경을 보게 한 것이 더 마음 아팠다.

'치이, 안녕. 이제 이곳에 오면 안 돼……'

'치이, 미안해. 어렵게 친구가 돼주었는데……'

다음날부터 치이는 오지 않았다. 학교에서 돌아와도 나를 보지도 않고 집으로 들어갔다. 그럴 거라고 예상은 했지만 가슴이 찢어지게 아팠다. 그래, 그렇게 무서운 광경을 봐버렸으니까. 당연한 일이야. 치이는 이제 여기에 오지 않아.

다시 옛날로 돌아갔다. 나는 다시 외톨이가 되었다. 매일 추운 날이 계속되었다. 본격적인 겨울이 찾아왔고, 나는 이 겨울을 이겨낼 자신이 없었다. 몸도 마음도……

그러던 어느 날 치이의 아빠와 엄마가 우리 집에 찾아왔다.

'무슨 일이지? 설마 그날 일로 치이에게 무슨 일이라도 생긴 건가…….'

나는 너무 걱정이 돼서 치이의 아빠와 엄마가 집에서 나올 때까지 우뚝 선 채로 현관문만 바라보고 있었다. 한 시간 정도 지나 치이의 엄마와 아빠가 주인에게 정중히 인사를 하면서 현관을 나왔다. 치이의 엄마는 잔뜩 굳은 채 서 있는 내 쪽으로 다가왔다. 그리고 천천히 손을 뻗어 쭈뼛쭈뼛 내 머리를 쓰다듬었다. 나는 머리를 숙여 치이 엄마의 손길을 받아들였다. 따뜻한 손이었다.

'도대체 무슨 일이지…….'

나는 혼란스러워 어찌할 바를 몰랐다.

그리고 잠시 뒤, 이번에는 치이가 엄마와 함께 나를 찾아왔다.

"모후모후! 오늘부터 모후모후는 치이네 개야!"

'뭐라고?'

나는 무슨 말인지 전혀 알아들을 수 없었다. 치이의 눈을 보며, 나는 고개를 갸우뚱거렸다.

"내가 엄마랑 아빠한테 부탁했거든. 모후모후를 치이네 집에서 키우고 싶다고. 그렇게 무서운 아저씨에게 모후모후를 맡길 수는 없었는 걸. 오늘부터 모후모후랑 치이는 계속 함께 지내는 거야. 엄마랑 아빠랑 모두 함께!"

그렇게 말하고 치이는 나를 꼭 껴안았다.

'뭐라고? 이제 더 이상 나 혼자가 아닌 거야? 이제 더 이상 발길에 채이거나 고함소리에 놀라지 않아도 되는 거야? 내가 세상에서 제일 좋아하는 치이랑 오래오래 함께 살 수 있는 거야? 그런 행복이 정말로 나에게 일어난 거야?'

"자, 모후모후! 치이네 집으로 이사 가자. 아무것도 가져가지 않아도 돼. 모후모후만 있으면 돼."

치이 엄마가 내 목을 단단하게 죄고 있던 쇠줄을 풀어주었다. 나는 마침내 치이와 함께 나란히 걸을 수 있었다. 오랜만에 본 치이의 해바라기 같은 환한 웃음, 치이는 그 웃음을 얼굴 가득 머금고 나를 바라보고 있었다.

"모후모후, 이젠 괜찮아. 모후모후랑 치이는 가족이 되었어. 이제부터는 치이랑 언제나 함께 있자!"

나는 너무 기뻐서 참을 수 없었다. 너무 행복해서 움직일 수도 없었던 내 꼬리는 천천히 움직이기 시작했고, 곧 지금까지 흔들어본 적 없는 가장 빠른 속도로 흔들렸다. 나는 처음으로 치이에게 입을 맞추었다. 그날은 크리스마스였다.

나는 지금 따뜻한 방 안에서 바깥 풍경을 바라보고 있다. 치이는 고타츠에 앉아 발을 뻗고 내 그림을 그리고 있다.

"모후모후, 움직이면 안 돼."

슬쩍 치이의 그림을 보았더니, 여름에 그린 것보다 훨씬 솜씨가 나아진 것 같다. 그림 속의 나는 너무나 행복해 보였다.

추위에 떨던 일, 배가 고파 쓰러진 일, 전 주인의 발길질에 채여 아파하던 일……. 이런 슬픈 기억들은 모두 잊혀졌다. 아빠는 나를 안아주고, 엄마는 따뜻한 손으로 나를 쓰다듬어준다. 치이는 언제나 나를 보고 웃어준다.

나는 이제 외톨이가 아니야.

치이, 나를 구해줘서 고마워.

이제부터는 내가 치이를 지켜줄게.

From
Haru
하루로부터

우리 꼭 다시
행복해져요

더 없이 행복했던 우리 가족.
아빠가 돌아가신 후 모든 것이 달라졌어.
앞으로 슬픈 일만 남아 있다고 생각했는데……,
엄마를 다시 웃게 해줄 수 있을까.

* * *

　나는 유키가 한 살 되는 생일날 이 집에 왔어. 아빠는 출
장 때문에 집을 자주 비워야 했어. 그래서 엄마랑 유키가
외롭지 않도록 나를 기르기로 했던 거야.

　엄마와 유키를 처음 만난 날을 나는 아직도 또렷하게 기
억해. 엄마는 눈을 크게 뜨고 놀라는 표정을 지었어. 그러
고는 나를 품에 꼭 안고 "잘 부탁해~"라며 미소 지었지. 유
키는 처음에는 살짝 경계하며 신기한 듯 쳐다보다가, 엄마
가 나를 안아주자 이내 안심한 듯 나에게 손을 내밀었어.
나도 유키의 하얗고 통통한 손에 코를 문지르며 인사를 했
지. 유키가 까르르 웃는 모습을 보면서 아빠도 엄마도 함께
웃었던 게 떠올라.

　아빠, 엄마는 나에게 '하루(봄이라는 뜻)'라는 이름을 지
어주셨어. 겨울에 태어난 유키가 평생 봄처럼 따뜻하고 포
근하게 지내기를 바라며 지은 거래.

　"사계절을 오롯이 즐기면서 행복하게 지내야 한다."

　엄마는 나와 유키에게 그렇게 말씀하셨어.

유키는 아직 말을 하지 못하는 어린 아가였지. 이제 갓 걸음마를 뗀 유키는 텔레비전에서 노래가 흘러나오기만 하면 손뼉을 치며 빙글빙글 돌면서 춤을 추곤 했어. 때때로 어지럼증이 나서 엉덩방아를 찧기도 했는데 그 모습이 얼마나 사랑스러웠는지 몰라.

유키가 즐거워하는 모습에 아빠랑 엄마도 즐거워하셨지. 나는 유키랑 엄마랑 아빠가 너무 좋았어.

뒷마당에는 잔디가 깔린 멋진 정원이 있었어. 엄마가 정성을 다해 키운 아름다운 꽃들이 계절마다 정원을 에워싸듯 피었고, 하늘이 맑게 갠 날이면 나와 유키는 정원에서 하루 종일 놀곤 했지.

그런 날에는 잔디 위에 돗자리를 펴고 유키는 좋아하는 메론 빵을 점심으로 먹었어. 점심을 먹고 나면, 유키는 돗자리에 누워 낮잠을 잤어. 엄마는 검지를 입술에 가져다대며 나에게 "쉬- 조용히"라고 나지막하게 말하면서 방긋 웃었지.

유키가 잠에서 깨면, 엄마는 정원에 물을 주셨어. 호스를 정원 구석구석까지 끌고 가서 꽃과 잔디에게 골고루 물을 줄 때면 시원하게 뿜어 나오는 물줄기가 햇빛에 반짝이며 찬란한 무지개를 만들어냈지. 유키와 나는 무지개를 잡아

보려고 정원을 뛰어다녔어. 유키와 나는 이 놀이를 얼마나 좋아했는지 몰라. 한마디로 더 이상 바랄 것이 없는 행복한 날들이었어.

그런데 그렇게 행복했던 날들이 갑자기 사라져버렸어. 마치 거짓말처럼.

유키의 두 살 생일이 지나고 찾아온 봄, 아빠가 교통사고로 세상을 떠나신 거야. 유키는 너무 어려서 아빠의 죽음을 이해하지 못하는 것 같았어. 모두가 슬픔에 잠겨 있던 장례식 때도 유키는 활짝 웃으며 뛰어 놀았으니까.

"이제 볼 수 없다니, 거짓말……!"

내 머리에 손을 얹고 엄마는 하염없이 눈물을 흘리셨어. 매일매일 아빠가 돌아오기를 기다리던 엄마였는데……. 엄마가 감당하기에 너무 큰 슬픔이었어.

엄마는 점점 멍하니 생각에 잠겨 있는 시간이 늘어갔고. 사소한 일에도 신경이 곤두서서 벌컥 화를 냈어. 아직 젓가락질이 서툰 유키가 밥을 흘리면 "왜 제대로 젓가락질을 못해?"라며 밥을 치워버리기도 했어. 그토록 다정했던 엄마가 완전히 다른 사람이 되어버렸어.

그런 엄마를 보다 못해 할머니가 매일 집에 와서 우리를 돌봐주셨어.

어느 날 식사를 마치고 그릇을 씻고 있던 엄마가 갑자기 접시를 바닥에 내던졌어. 접시가 깨지는 소리에 놀란 유키가 울기 시작하자, 엄마는 귀를 막고 크게 소리를 질렀어.

"시끄러워! 그만 해!"

커다란 고함소리에 유키의 울음소리는 더욱 커졌고,

"더 이상 못 참아! 다 잘못됐어."

엄마는 내뱉듯이 말하고 문을 쾅 닫고 방으로 들어가버렸어. 그 모습을 조용히 지켜보던 할머니는 울고 있는 유키를 안아주었어.

"유키…… 미안하다. 엄마는 유키에게 화내고 있는 게 아니야……. 너무 슬퍼서 어찌 할 바를 몰라서 그런 거란다."

할머니는 유키를 품에 안고 한참 동안 유키의 등을 쓰다듬어줬어. 유키는 할머니 품에서 울다 지쳐 잠이 들었지. 이것이 그 당시 우리 집의 풍경이야. 우리는 다시 행복해질 수 없을 것만 같았어.

그런 날이면 할머니는 내 머리를 쓰다듬으며 말씀하셨어.

"하루야…… 사람은 말이다. 불안함을 느끼면 어떻게 해야 할지 몰라서 화를 낼 때가 있단다. 시간이 좀 걸릴지도 모르겠다만, 언젠가는 반드시 다정한 엄마로 다시 돌아올 테니까 그때까지 우리 기다려주자꾸나……."

할머니도 유키도 나도 엄마가 이전의 엄마로 돌아올 거라고 믿고 기다렸어.

'할머니도 유키도 모두 힘들 거야…….'

하지만 가장 힘든 사람은 엄마라는 것을 나는 어렴풋이 알 수 있었어.

시간이 가면서 다행히 엄마가 화내는 날이 줄어들었어. 하지만 이번에는 매일 멍하니 하루를 보내는 날이 늘어났지. 마치 머릿속이 텅 비어버린 사람처럼 그저 멀거니 소파에 앉아만 있는 거야.

엄마는 그렇게 공허한 얼굴로 입을 꾹 다물고 가만히 있다가 느닷없이 울음을 터뜨리곤 했어. 그럴 때 유키는 울고 있는 엄마 옆에 앉아서 유키가 아끼는 곰 인형을 엄마에게 가만히 건네주었지.

하지만 엄마는 쉽게 돌아오지 않았어. 그렇게 좋아하던 정원에도 나가지 않았고 잔디에 물을 주는 일 같은 건 모두 잊어버린 것 같았어. 아름답게 피어나던 꽃들도 푸른 잔디도 메말라 시들어갔어. 마치 엄마처럼 말이야……. 오랫동안 그런 일상이 반복되었어…….

할머니는 결국 엄마와 상의 후 유키를 보육원에 보내기

로 했어. 보육원에 가면 유키가 새로운 친구들을 만날 수 있다는 이유도 있었지만, 가장 큰 이유는 엄마가 편하게 보낼 시간을 만들어주기 위해서야.

낮 시간 할머니도 유키도 없는 집에서 엄마는 멍하니 앉아 시간을 보냈어. 어떤 날에는 침대에서 일어나지도 않고 조용히 눈물만 흘렸어……. 나는 엄마에게 방해가 되지 않게 그저 지켜보는 수밖에 없었어.

그런 날이면 나는 엄마의 침실로 가서 가만히 엄마 옆에 누웠어. 먹지도 자지도 못하는 엄마는 속이 텅 빈 껍질 같았어. 언제나 밝게 빛나던 엄마의 눈에는 이제 아무것도 비치지 않았어.

보육원에 다니게 된 유키는 다행히 점점 밝아졌어. 말도 많아지고 옛날처럼 다시 까르르 웃기도 하면서. 할머니가 오시지 않는 날에는 내 식사까지 준비해주었어.

유키는 그 작은 손으로 "영차! 영차!" 의자를 끌어와 싱크대까지 올라가서 수도꼭지에서 물을 받아 내 물그릇을 채워줬어. 유키의 밝은 얼굴을 보면 나까지 기분이 좋아졌어.

할머니가 오시지 않는 날, 유키의 저녁밥은 메론 빵. 가장 좋아하는 메론 빵을 유키는 혼자 먹어야 했지. 나는 유키가 빵을 흘릴 때를 대비해서 항상 옆에서 지켜보았어. 유키가 흘린 빵은 정리반인 내 몫이었으니까.

유키는 항상 메론 빵을 반만 먹었어. 그리고 나머지는 봉지에 넣고 묶었지.

"하루, 이건 엄마 거니까 먹으면 안 돼."

이렇게 말하며 빵 봉지를 식탁에 올려놓았어.

"그럼 이제 파자마로 갈아입고…… 치카치카 이를 닦아야지."

유키는 나에게 이렇게 말하면서 잠자리에 들 준비를 했어. 혼자서 말이야. 그리고 엄마의 이불 속으로 살며시 들어가서 엄마의 머리를 부드럽게 쓰다듬으며 "엄마, 어서 나아요"라고 말하고 잠이 드는 거야.

엄마는 유키가 잠든 다음에야 힘겹게 일어나서 테이블 위에 놓인 메론 빵을 보면서 흐느껴 울기 시작해. 그런 엄마의 모습을 보고 있노라면 엄마의 슬픔을 알 수 있을 것 같았어. 엄마 슬픔의 아주 작은 부분이라도 내가 대신할 수 있다면 좋으련만, 내가 엄마를 위해 해줄 수 있는 건 그저 곁에 가만히 앉아 있는 것뿐…….

그로부터 어느 정도 시간이 흘러 유키는 히라가나 공부를 시작했어. 유치원 선생님에게 받아온 커다란 히라가나 일람표를 벽에 붙이고 할머니가 오시는 날 함께 공부했어.

연습장은 어느새 유키가 쓴 히라가나로 빼곡해졌지.

"유키, 이제 히라가나도 잘 쓰는구나."

할머니가 연습장을 보며 칭찬했어.

"할머니, 나 있잖아. 산타할아버지에게 편지를 쓸 거야. 그래서 열심히 연습하는 거야."

"그랬구나. 곧 있으면 크리스마스니까 우리 유키가 받고 싶은 선물이 있나보네."

"응, 나 꼭 받고 싶은 게 있어. 근데 산타할아버지는 착한 아이한테만 선물을 준대. 그래서 유키는 착한 아이가 될 거 야! 하루도 착하게 굴어야 해, 알았지?"

유키는 방글방글 웃으면서 내 머리를 쓰다듬어주었어.

크리스마스가 가까워지면서 유키가 웃는 시간이 더 많 아졌어. 유키는 할머니가 준비해준 편지지에 편지를 썼어. 그리고 편지를 예쁘게 접어서 봉투에 넣었지.

"산타할아버지한테 편지 다 썼으니까 할머니가 이따 우 체통에 넣어주세요" 하고 보육원에 가면서 할머니에게 편 지를 맡겼어.

"그러마. 산타할아버지에게 틀림없이 전해줄게."

"할머니, 부탁해요. 다녀오겠습니다."

유키는 신난 듯 보육원 버스에 올라탔어. 할머니는 그 편

지를 테이블에 올려놓고 한동안 바라보셨어. 그리고 점심
이 지나서 엄마에게 편지를 건네줬어. 엄마는 겨우 침대에
서 몸을 일으켜 편지를 읽기 시작했어.

　"산타할아버지,
　저는 장난감은 하나도 필요 없어요.
　저희 엄마가 건강해지는 약을 보내주세요.
　꼭 부탁드려요."

　작은 손으로 서툴게 꾹꾹 눌러 쓴 편지였어. 편지를 읽는
엄마 눈가가 떨리더니 주르륵 눈물이 흘러내렸어. 곁에 선
할머니도 울고 계셨어.
　몸 안에 있던 눈물을 모두 쏟아내듯 한참을 운 엄마가 일
어섰어. 엄마의 하얗고 가느다란 손가락에는 아빠가 준 결
혼반지가 끼워져 있었어. 엄마는 반지를 만지며 힘주어 말
했어.
　"내가 정신을 차려야 하는 게 맞지……. 이러고 있으면
하늘에 있는 유키 아빠도 화낼 거야……."
　"그래…… 너에게는 나도 있고 하루도 있단다……."
　할머니는 엄마를 꽉 껴안아주셨어.

"멍하니 세월만 보내고 있는 사이, 유키가 이렇게 커버렸어요. 나도 유키에 지지 않게 열심히 지내야 해……."

드디어 엄마의 눈에 따뜻한 빛이 돌아왔어.

엄마, 봄이 되면 마당에 꽃을 심어요.

나는 유키랑 다시 한 번 무지개 쫓기를 하고 싶어요.

우리 꼭 다시 행복해져요.

From
You

유우로부터

할아버지, 미안해요.
더 오래 함께 있어주지 못해서

잉꼬부부였던 할아버지와 할머니
할머니가 돌아가시고 난 뒤에는
우리가 서로 의지할 사람은 할아버지와 나 둘밖에 없었는데
할아버지, 미안해요.
내가 먼저 떠나서…….

　　　　＊ ＊ ＊

　내가 이 집에 온 것은 11년 전 일이다.

　할머니 친구 분 집에서 태어난 나를 할머니가 집으로 데
려왔다. 처음 만난 날, 나를 들어 올리던 할머니의 손길은
부드럽고 무척 따뜻했다.

　"나 따라서 우리 집에 갈래?"

　나는 '네!' 라는 대답 대신 꼬리를 열심히 흔들었다.

　나를 안고 온 할머니를 보고 할아버지는 깜짝 놀란 얼굴
을 했다.

　"또- 또- 그런 걸 받아와버렸구만!"

　할아버지는 그렇게 말하며 화난 표정을 지어 보였지만,
할머니는 그저 싱긋 웃기만 했다. 할머니의 그런 얼굴을 보
더니, 할아버지는 더는 뭐라 말하지 않았다.

　할아버지와 할머니는 언제나 사이가 좋았다. 할아버지
는 오래 전 병을 앓아 몸을 움직이는 게 많이 불편했지만
집 뒤뜰에 텃밭을 만들어 여러 가지 채소를 길렀다. 밭에
키우던 채소들이 꽃을 피우면, 할아버지는 꽃을 꺾어 "요

거 봐라" 하고 무심한 듯한 말과 함께 할머니에게 선물하
곤 했다.

"겉으론 무뚝뚝해 보여도 속은 누구보다 따뜻한 사람이
란다."

할머니는 할아버지에 대해 그렇게 말씀하시곤 했다.

할아버지는 아주 사소한 일만 있어도 바로 "어-이, 할
멈!" 하고 할머니를 불렀다. 그리고 그때마다 할머니는 "예
예, 갑니다" 하고 할아버지 곁으로 달려갔다. 그렇게 사이
좋은 부부와 살 수 있어서, 나는 매일매일 무척 행복했다.

원래 행복한 시절은 오래 이어질 수 없는 것일까. 할아버
지와 할머니 그리고 나 셋이서 함께 산 기간은 겨우 5년밖
에 되지 않는다. 할머니가 갑자기 우리 곁을 떠나셨기 때문
이다.

평소와 달리 아침이 되어도 일어나지 않는 할머니를 깨
우러 내가 할머니 방으로 갔을 때, 할머니는 이미 차갑게
식어 있었다.

할머니의 장례식은 할머니가 좋아했던 꽃으로 장식했
다. 장례식을 치렀지만, 이제 우리 곁에 할머니가 없다는
사실을 도저히 믿을 수 없었다. 더 이상 할머니를 만날 수
없다고 생각하니 가슴이 터질 듯 아파왔다. 할아버지는 장

례식이 치러지는 동안 줄곧 바빠 보였다. 내가 이토록 가슴이 아픈데, 할아버지는 어째서 전혀 슬퍼 보이지 않을까. 나는 '왜일까?' 계속 생각했다.

장례식이 끝나고 사람들이 돌아가자 그렇게나 시끌벅적했던 집 안이 갑자기 조용해져버렸다.

혼자 남은 할아버지는 무척 피곤해 보였다. 할아버지가 할머니의 사진 앞에 앉았다. 할아버지는 할머니 얼굴을 물끄러미 바라보았다. 한참이 지나도 할아버지는 그 자리에서 꼼짝도 하지 않았다.

나는 할아버지가 걱정이 되어 가까이 다가갔다. 할아버지는 눈물을 흘리고 있었다. 늘어뜨린 어깨를 가늘게 떨며 서럽게 흐느끼고 있었다. 그리고 이내 할머니의 유골단지를 품에 안고는 큰 소리를 내며 울기 시작했다.

"할멈…… 이제야 겨우 둘이 남았네."

그때까지 나는 눈치채지 못했다. 할아버지는 줄곧 할머니와 둘만의 시간을 기다리고 있었던 것이다. 둘만 남아서 늘 그랬듯이 다정하게 이야기를 나누고 싶어 했다는 것을. 나는 그날 할아버지의 눈물을 잊을 수가 없다.

이제 집에는 할아버지와 나 둘이 남았지만 그리 외롭지는 않았다. 할아버지가 나를 '할멈의 유품'이라 부르며 소중하게 대해주었기 때문이다.

할아버지는 이제 "할멈!" 하고 부르는 대신 "유우야-! 유우-!" 하고 나를 불렀다. 그때마다 나는 할머니가 그랬던 것처럼 할아버지의 곁으로 쏜살같이 뛰어갔다. 그러면 할아버지는 내 이마를 살살 어루만져주었다. 할아버지의 큰 손은 투박했지만, 할머니 손처럼 따뜻했다.

할아버지는 할머니를 위해 매일 아침밥을 지었다. 갓 지은 밥을 가장 먼저 할머니의 사진 앞에 올리고 두 손을 모았다. '할아버지가 매일 아침 할머니한테 무슨 보고를 하는 걸까?' 라는 생각이 들곤 했지만, 아침마다 나도 할아버지 곁에 앉아 할머니의 사진을 같이 바라보았다.

'할머니, 할아버지는 지금도 할머니를 소중하게 생각해요. 좋으시죠?'

그런 다음 나를 데리고 산책을 나가는 것이 할아버지의 일과였다. 하지만 할아버지는 잘 걸을 수 없었기 때문에 우리는 천천히 조금씩 걸었다. 나는 할아버지의 걷는 속도에 맞추어 가다 서다를 반복했다. 더운 날도 추운 날도 할아버지는 나와 산책을 나갔다.

'이렇게 비가 오는 날은 안 가도 돼요' 하고 내가 엉덩이를 빼도 할아버지는 한 번도 거르지 않고 산책을 데려가주었다. 둘이서 비를 쫄쫄 맞으면서도 천천히 조금씩 걸어갔다.

'할아버지, 매일 정말로 고마워요.'

할머니가 돌아가시고 난 후, 할아버지는 뒤뜰 텃밭농사를 그만두었다.

"채소를 길러봐야 기뻐해줄 사람도 없으니까."

할머니가 살아 있던 시절, 나는 종종 밭에 구멍을 파놓아서 할아버지에게 혼나곤 했다. 그래도 할머니는 그 모습을 보면서 즐거워하셨다. 할아버지에게 야단맞는 것은 무서웠지만, 할머니가 웃는 모습이 좋아서 나는 가끔 일부러 구멍을 파놓곤 했다. 예전엔 그렇게 화를 내던 할아버지였건만, 이제는 "파고 싶은 만큼 파고 놀아라"라고 말한다.

'할아버지, 나도 할아버지랑 똑같아요. 밭에 구덩이를 파도 즐거워할 사람이 없으니까 하고 싶지가 않아요……'

'아니야. 내가 땅을 파고 있으면 할머니가 하늘에서 보고 웃으실지도 몰라.'

나는 구멍파기를 다시 하기로 했다. 텃밭 여기저기 구멍을 파는 나를 보면서 할아버지가 웃었다. 기뻤다. 할머니가 돌아가신 뒤 한 번도 웃지 않았던 할아버지가 웃는다.

'할머니도 분명히 기뻐하실 거야.'

내가 평소와 다름없이 텃밭에서 땅파기를 하고 있노라니, 할아버지가 갑자기 생각이라도 난 듯이 무언가를 들고 왔다. 꼭 갈색 감자처럼 생긴 것을.

"유우야, 알뿌리다."

할아버지는 내가 파놓은 구멍에 그 알뿌리 하나를 넣고 위에 흙을 덮었다.

"유우, 또 열심히 파봐라."

나는 그 알뿌리라는 게 무엇인지 전혀 몰랐지만, 할아버지가 땅을 파도 좋다는 말에 열심히 땅파기를 계속했다. 그 구멍에 할아버지는 알뿌리를 하나씩 하나씩 묻었다. 어디에 심었는지 한 눈에 알 수 있도록 알뿌리를 심은 곳에 나무젓가락을 꽂아가면서. 하루에 5개씩 알뿌리 심기가 계속되었다.

겨울이 지나고 봄이 오자 놀라운 일이 벌어졌다. 내가 파놓은 구멍에서 아름다운 꽃이 피어난 것이다. 노란 꽃, 빨간 꽃, 분홍색 꽃들이!

"어떠냐, 유우야. 네가 파놓은 구멍에서 튤립이 피어나는 모습이."

할아버지는 그렇게 말하면서 활짝 웃었다. 할아버지는 가위를 가져와서 꽃 하나하나를 조심조심 잘라 할머니의 사진 옆을 장식했다.

"유우, 할멈이 좋아하고 있을까?"

나는 천천히 꼬리를 흔들어 할아버지 말에 화답했다.

'그럼요, 할아버지. 이 꽃, 할아버지랑 내가 키웠으니까 할머니도 분명 기뻐하실 거예요.'

'할머니, 대단해요. 할아버지는 할머니에 대한 생각뿐이에요. 할머니는 정말 행복한 사람이네요. 그렇죠?'

하루는 할아버지가 오랜만에 외출을 했다. 한참 만에 집에 돌아온 할아버지의 손에는 씨앗 봉지가 들려 있었다. 할아버지는 여러 종류의 꽃씨를 한가득 사온 것이다.

그날 나는 꽃씨를 사는데 데려가주지 않은 할아버지에게 조금 서운한 마음이 들어서 꼬리도 열심히 흔들지 않고 뿌루퉁하게 대했다.

다음 날부터 우리 둘은 씨앗심기에 돌입했다. 내가 구멍을 파고, 할아버지가 씨앗을 심었다. 튤립을 심을 때처럼 하루에 5개 정도였지만 할아버지와 나는 이 일을 계속했다. 알뿌리와 다르게 씨앗은 금세 자랐다. 멋진 광경이었다. 내가 판 구멍의 수만큼 꽃이 피어올랐다. 얼마 안 있어 마당은 꽃으로 가득했다. 매일 조금씩 씨앗을 심었기 때문에 꽃도 하나둘씩 피었다.

"할멈이 이걸 봤으면 분명히 좋아했겠지······."

'맞아요, 할아버지. 할머니라면 감격해서 눈물을 흘릴 정도로 좋아하셨을 거예요.'

할아버지의 마음이 할머니께 도달하면 좋겠다고 나는 생각했다. 이렇게 할아버지와 나는 꽃을 심고 가꾸기를 계속했다.

꽃이 피기를 기다리다 보면 계절은 눈 깜짝할 사이에 지나갔다. 할아버지는 꽃을 기르는 것으로 할머니에 대한 그리운 마음을 달랬다. 봄에 씨앗을 고르는 일은 나도 함께 할 수 있게 되었다.

해마다 다른 꽃을 심었다. 색도 모양도 다른 꽃들. 단 해마다 절대 빼먹지 않고 심는 꽃이 있었다. 그것은 코스모스, 할머니가 가장 좋아했던 꽃이다.

할아버지는 할머니가 가장 좋아했던 꽃이 코스모스라는 것을 할머니가 돌아가시고 나서야 알았다며 쓴 웃음을 지었다.

"이 할아비는 할멈에 대해 모르는 것투성이란다. 좋아하던 꽃 이름 하나도 몰랐으니. 음식도 마찬가지야. 가끔은 할멈이 좋아하는 것으로 만들어주고 싶은데 그게 뭔지를 모르니 정말 답답하지 뭐냐. 갑자기 없어지고 나서야

알았지. 어째서 살아 있을 때 말하지 못했을까. 함께 있어
줘서 고맙다고…… 유우야. 유우에게는 말해두마. 고맙구
나…….'

'할아버지, 할아버지 곁에 있을 수 있어서 고마운 것은
바로 저예요. 이렇게 다정한 할아버지와 함께 살 수 있다니,
나는 너무 행복한 강아지예요. 그리고 할아버지의 마음, 할
머니는 분명 다 알고 계실 거예요…… 지금 그대로도 충분
해요. 분명 할머니도 기뻐하실 거예요. 그러니까 그렇게 슬
픈 눈 하지 말아요. 할머니 몫까지 오래오래 사세요.'

할머니가 돌아가시고 여섯 번째 맞는 여름.

그해 여름은 정말로 무더웠다. 그렇게 심한 더위를 견디
기에는 내 몸은 이미 너무 약해져 있었다. 입맛도 없었고
그저 가만히 웅크리고 누워 있고만 싶었다. 할아버지는 그
러다 몸 상한다며 먹을 것을 잔뜩 만들어주었다. 하지만 먹
어야 한다고 마음먹어도, 먹을 수가 없었다……. 자꾸 눈이
감기고 잠이 왔다.

"유우야, 일어나봐라. 물이라도 마셔야 해……."

할아버지는 어떻게든 나를 다시 건강하게 만들려고 애
썼지만 나는 날이 갈수록 약해져만 갔다. 아주 잠깐 서 있

는 것조차 힘겨워져서 온종일 누워 있기만 했다. 숨 쉬는 것도 힘들었다.

할아버지는 내 이마를 어루만지며 용기를 북돋아주었다.

"유우…… 괜찮나? 유우야…… 유우야……."

나는 있는 힘을 다해 꼬리를 흔들어보려 했지만 아주 살짝 움직이는 것도 힘이 들었다.

'할아버지, 미안해요……. 나, 할아버지랑 오래오래 살고 싶었는데. 나 열심히 노력했는데, 이제 무리인 거 같아요…….'

할아버지가 나를 안았다. 크고 두껍고 거친 할아버지의 손은 언제나처럼 따뜻했다. 할아버지의 눈에서 눈물이 흐르고 있었다. 할아버지가 울고 있었다. 나 때문에.

"이제 됐다…… 애 많이 썼다. 유우야, 지금까지 고마웠다……."

할아버지는 그렇게 말하며 울었다.

'할아버지, 미안해요. 나 할아버지랑 둘이서 많은 일을 할 수 있어서 정말 행복했어요. 할머니를 위해 둘이 함께 가꿨던 수많은 꽃들. 하나도 잊지 않을게요. 피어난 꽃들을 바라보던 할아버지의 부드러운 눈빛, 절대 잊지 않을게요.'

조금만 더 할아버지 곁에서 살고 싶었다.

조금만 더 꽃이 피어나는 것을 보고 싶었다.

'할아버지, 미안. 더 오래 함께 있어주지 못해서 미안해요. 나는 할머니를 먼저 만나러 갈게요. 거기서 할머니랑 같이 있을 테니까 걱정 마세요.'

'할아버지. 고마워요. 안녕······.'

From
Choco
초코로부터

더 맘껏
울어도 돼요

케이스케 씨와 카나 씨의 찻집.
나는 그 가게의 '간판견'이다.
가게는 언제나 손님들로 북적인다.
하지만 두 사람에게는 아픔이 있었다…….

　　　　　　　※ ※ ※

　케이스케 씨와 카나 씨에게는 아이가 없다. 내가 그 사실
을 안 것은 이 집에 온 지 얼마 되지 않아서다.

　"왜 벌써 포기해버리니? 아직 얼마든지 방법이 있을 텐
데."

　케이스케 씨의 어머니는 조금 강한 어조로 카나 씨를 나
무라고 있었다.

　"아기가 생기지 않는다고 강아지 같은 걸 키우겠다는
게……."

　"어머니, 말은 쉽게 하실 수 있지만 이대로 치료를 계속
하는 것은 이제 한계에 왔어요. 몸에 부담도 있고, 무엇보
다 카나의 심적 부담이 너무 커요."

　케이스케 씨는 어머니에게 차분하지만 확실하게 의사를
전달했다. 하지만 케이스케의 어머니는 쉽게 수긍하지 않
는 분위기였다. 요 며칠 이런 무거운 대화가 계속 이어지고
있었다.

　나는 카나 씨의 무릎 위에 앉아 이야기에 귀를 기울이고

있었다. 카나 씨는 한마디도 하지 않고 고개를 숙인 채 나만 바라보고 있었다.

'카나 씨가 울고 있다. 어디 아픈 데라도 있어요? 카나 씨, 아파요……?'

그들이 나누는 이야기를 다 이해할 수는 없었다. 하지만 '카나 씨가 울고 있었다. 이것은 분명 좋은 이야기가 아니다' 그렇게 생각했다.

내가 이 집에 온 것은 따뜻한 봄, 3월의 어느 날이었다.

케이스케 씨와 카나 씨가 새로 문을 연 찻집의 간판견으로 나를 데려왔다. 사실 나는 그 당시 간판견이 대체 뭘 해야 하는지 잘 몰랐다.

가게에는 매일 많은 손님들이 찾아왔다. 고등학생, 직장여성들, 근처에 사는 할아버지와 할머니까지. 물론 케이스케 씨와 카나 씨의 친구들도. 카나 씨는 손님이 올 때마다 나를 소개시켜주었다.

"이 아이는 우리 가게 간판견 초코예요. 얌전하고 물지 않으니까 안심해도 돼요."

카나 씨는 언제나 함박미소를 띠며 새로운 손님들에게 나를 소개해주었다. 덕분에 나에게는 많은 친구들이 생겼다. 그제서야 나는 간판견이 하는 일이 무엇인지 알 수 있었다.

첫째, 많은 친구들과 사이좋게 지내는 것.

둘째, 가게를 어지럽히거나 시끄럽게 하지 않고 카나 씨의 일을 돕는 것.

셋째, 카나 씨가 소중하게 생각하는 사람들을 나도 소중히 하는 것.

카나 씨는 모든 손님에게 친절하게 말을 건넸다.

"어서 오세요. 오늘은 날씨가 맑아서 기분까지 상쾌해지네요."

"와! 오랜만에 뵙네요. 잘 지내셨어요?"

이렇게 카나 씨가 말을 걸면 대부분의 손님들은 함께 기쁘게 웃으며 이야기를 나누었다. 카나 씨는 다른 사람의 이야기를 들어주는 데 천부적 소질이 있었다.

하지만 품에 작은 아기를 안은 손님이 들어올 때만큼은 순간적으로 카나 씨의 눈에 외로움이 스쳐갔다. 나는 알 수 있었다. 그날도 예쁜 아기를 안은 아기엄마가 가게 안으로 들어왔다.

"귀여운 아기네요."

아기엄마에게 반갑게 인사를 건네고 주방으로 돌아온

카나 씨가 주문받은 아이스커피를 준비하면서 눈물을 흘렸다. 카나 씨의 애달픈 심정이 느껴졌다. 말로는 포기했다지만, 마음속에는 여전히 미련이 남아 있었던 것이다. 결국은 포기하고 만 자신에 대한 원망이 가슴 속을 가득 채우고 있는 것이다.

나는 아기가 있는 테이블로 가서 꼬리도 흔들고 손도 핥아주면서 손님을 즐겁게 해주었다. 처음에는 조금 무서워하던 아기도 잠시 뒤에는 내 귀를 만지기까지 하면서 좋아했다.

"초코, 내가 할 일을 대신 해줘서 고마워…… 나는 아직 무리인가봐. 머리로는 너무나 잘 알겠는데, 아직도 아기만 보면 가슴이 쿵쾅거려……."

나는 카나 씨의 뺨을 핥아주었다. 카나 씨의 뺨을 타고 흐르는 눈물이 빨리 마르기를 바라는 마음으로.

"고마워…… 초코."

카나 씨는 나를 꼭 껴안고 작은 소리로 흐느끼기 시작했다.

'울지 마요. 내가 카나 씨를 지켜줄게요. 그러니까 카나 씨 울지 말아요.'

나는 마음속으로 몇 번이고 이 말을 되뇌었다.

그날 밤 케이스케 씨가 카나 씨에게 나지막하게 말했다.

"그래, 분명 아이는 부모에게 많은 추억을 만들어줄 거야. 즐거운 추억도 슬픈 추억도. 그 추억을 통해 어른들은 살면서 많은 일들을 배우겠지. 대신 우리에게는 서로가 있잖아. 그리고 초코도. 아이는 없지만, 셋이서 더 많은 추억을 만들어가자. 많은 사람들과 더 많이 어울리면서 많은 일들을 배우고, 많은 웃음을 만들어가자. 그렇게 우리 행복하게 살아보자."

카나 씨는 아이처럼 큰 소리를 내며 울었다. 케이스케 씨가 카나 씨를 다정하게 안아주었다. 나는 카나 씨의 다리 옆에 다가가 앉았다. '카나 씨, 우리 행복하게 살아요' 카나 씨는 눈물을 한없이 쏟아냈다.

그 뒤로 2년의 시간이 흐르고, 카나 씨가 잠깐 잠깐씩 내보이던 슬픈 눈빛은 더 이상 볼 수 없었다.

아기를 안고 들어오는 손님과도 밝게 이야기를 나누었고 애수가 깃든 미소가 아니라 진심을 담아 밝게 웃었다.

"마마 상(가게의 여주인을 부르는 말), 자녀분은 안 계신가요?"

아기를 데리고 온 젊은 엄마들이 그렇게 물을 때면, 카나

씨는 활짝 웃으며 이렇게 대답했다.

"있어요! 털이 복슬복슬한 건강한 아이가 있답니다. 초코라고 해요. 잘 부탁드려요."

그렇게 말하며 나를 부르곤 했다. 그러면 나는 꼬리를 있는 힘껏 흔들면서 "잘 부탁해요!" 하고 인사를 했다. 카나 씨는 다른 어떤 사람보다 더 강해지고 친절해졌다. 많은 친구들에게 둘러싸여 항상 웃었다. 언제나 누군가를 위해서 열심이었고, 무엇을 하더라도 열심이었다. 가게에서는 새로운 메뉴를 개발하기 위해 늘 연구하고, 집에는 작은 장미 정원을 만들었다.

케이스케 씨는 나를 위해 큰 차를 샀다.

"이 차라면 초코와 함께 여행을 갈 수 있을 거야. 이 정도 넓이면 차에서 잘 수도 있어."

카나 씨는 차를 보며 환하게 웃었다. 가게가 쉬는 날에는 늘 케이스케 씨와 카나 씨, 나 이렇게 셋이서 차를 타고 멀리까지 나가곤 했다. 봄도 여름도 가을도 겨울도 우리는 어디든 함께 갔다. 그리고 웃다 지칠 만큼 행복한 시간을 보내고 돌아왔다. 실패도 놀라움도 모두 웃음으로 바뀌어 돌아오곤 했다.

어느 해 겨울이 성큼 다가온 듯 쌀쌀했던 가을날, 카나 씨가 "왠지 몸이 안 좋아……"라며 드러눕고 말았다. 나는 걱정이 됐다. 언제나 건강하던 카나 씨가 갑자기 병에 걸리자 케이스케 씨도 나도 어찌할 바를 몰랐다.

나는 카나 씨의 옆을 떠나지 않고 간병을 했다. 카나 씨의 상태가 좋지 않다는 이야기를 들은 손님과 친구들로부터 많은 메시지가 도착했다. 핸드폰 문자 메시지가 너무 많이 오는 바람에 전화기는 연신 부들부들 따릉따릉 울려댔다.

"카나 씨를 조용히 쉬게 해줘!"라고 한번 크게 짖어보았다.

내가 짖어본들 메시지가 안 올 리야 없겠지만…….

"초코…… 괜찮아. 금방 나을 거니까 걱정하지 마."

카나 씨는 힘들 텐데도 미소를 띠며 말해주었다. 그 말을 하는 것도 정말 힘들어 보였다. 케이스케 씨는 가게에서 일을 하면서도 시간 날 때마다 틈틈이 카나 씨의 상태를 체크했다.

"카나, 괜찮아?"

카나 씨는 힘없이 누워 있으면서도 애써 웃으며 "응" 하고 대답했다. 무척 애를 쓰고 있는 듯한 느낌이었다. 카나 씨가 앓아누운 지 3일째, 케이스케 씨가 가게 문 앞에 '금일휴업'을 써 붙였다.

"초코, 카나를 데리고 병원에 다녀올 테니까 집 잘 보고 있어야 해."

케이스케 씨가 내 머리를 쓰다듬으며 말했다.

진료가 오전 9시에 시작되기 때문에 8시 30분쯤 두 사람은 집을 나섰다. 그리고 얼마 지나지 않아 "아~ 오늘은 휴일이네"라고 아쉬워하며 돌아가는 손님들이 줄을 이었다.

'이 가게는 많은 사람들에게 사랑받고 있구나……'

나는 새삼 찻집과 두 사람의 인기를 실감했다.

아침 일찍 집을 나간 두 사람은 점심이 다 되어도 돌아오지 않았다. 아무 일 없이 기다리기만 하려니 지루하기 짝이 없었다. 몇 번이고 하품이 나와 멈출 수가 없었다. 손님이 없으니 이야기 상대도 없다. 카나 씨가 없으니 내가 도와야 할 사람도 없다. 케이스케 씨가 없으니 놀아줄 사람도 없다.

가을 햇볕이 쏟아지는 창가 아래에서 나도 모르게 잠이 들고 말았다. 문득 잠이 깨서 정신이 들었을 때는 벌써 3시. 귀가가 너무 늦어지자, 점점 걱정이 되기 시작했다.

'카나 씨, 설마 무서운 병이라도 걸린 거야?'

그때부터는 카나 씨가 걱정되어 방 안을 어슬렁거리며 가만히 있을 수 없었다. 그 뒤로도 한참 시간이 지나, 저녁 무렵이 돼서야 두 사람은 돌아왔다. 문에 난 유리창에 대고 나는 한 번 크게 짖었다.

"너무 늦었잖아요!"

카나 씨는 커다란 종이봉투를 들고 아주 밝게 웃으면서 차에서 내렸다.

"초코!"

카나 씨가 큰 소리로 나를 불렀다. 나는 놀랐다. 그렇게 몸이 안 좋아 보이던 카나 씨가 함박웃음을 띠고 큰 소리로 내 이름을 부르고 있다.

'뭐지? 벌써 다 나은 건가……'

현관문을 열고 카나 씨가 천천히 내 쪽으로 걸어왔다. 그리고는 온몸을 감싸듯이 힘껏 나를 안아주었다.

"미안해. 너무 기쁜 나머지 이것저것 사느라 늦어버렸지 뭐야. 초코, 놀라지 말고 들어줘. 있잖아…… 나, 엄마가 된대."

나는 너무 놀라 기절할 지경이었다.

카나 씨가 엄마가 된다. 그토록 바랐던 '엄마'가 된단다.

'대단해! 대단해! 카나 씨, 잘됐다! 잘됐어요!'

나는 평소처럼 힘차게 꼬리를 흔들어 기쁨을 전하고 싶었다.

하지만 이때만큼은 그럴 수가 없었다. 카나 씨가 울고 있었으니까. 내 등에 기대어 소리도 내지 못한 채 울고 있는 것을 느낄 수 있었으니까.

'카나 씨는 기쁜 거야. 너무너무 기쁜 거야. 그렇죠? 카나 씨는 그동안 슬프고 슬퍼서 많은 눈물을 흘려왔으니까 기쁠 때는 더 많이 더 많이 울어도 돼요. 나도 너무너무 기뻐요.'

케이스케 씨도 눈시울이 붉어져 있었다.

'카나 씨, 축하해요. 정말로 다행이야.'

카나 씨가 들고 있던 종이가방 안이 보였다. 그 안에는 귀여운 아기 옷이 들어 있었다.

'너무 기뻐요, 카나 씨. 나, 이제 형이 되는 거죠. 이제 우리 넷이 더 행복하게 살아요!'

From
Den

덴 • 으로부터

우리 언젠가
꼭 다시 만나요

친절했던 히요리.
나는 당신을 진심으로 좋아했어요.
항상 나를 소중하게 대해주어서 고마워요.
마지막으로 당신에게
고마움을 전하고 싶었어요.

　　　　　　　　　* * *

친절한 히요리에게.

당신이 이 편지를 받아볼 수는 없겠지만, 편지를 써요.

히요리가 언제까지나 울고 있기를 바라지 않으니까……

히요리와 처음으로 만났던 날을 나는 또렷하게 기억하고 있어요. 애견 숍 유리창 너머로 히요리는 나를 보며 환하게 웃었지요. 당신은 매일 저녁이면 애견 숍에 찾아와 따뜻한 눈빛으로 나를 바라보았어요. 내가 고개를 갸우뚱거리면 히요리도 함께 고개를 갸우뚱해 보였어요. 히요리가 즐거워하면, 나도 너무 기뻐서 꼬리가 끊어져라 빙빙 흔들어댔지요. 그 다음은 순식간에 이루어졌어요. 나와 히요리가 가족이 된 것 말이에요.

"오늘부터 우리는 가족이야."

그때 나는 사실 가족이란 말이 뭔지 제대로 이해하지 못했어요. 하지만 히요리가 꼬옥 껴안아주는 것이 이렇게 따뜻하고 좋은 걸 보니, 가족이라는 게 참 좋은 거라는 생각이 들었어요. 나는 더 이상 외톨이가 아니라는 걸 알 수 있었어요.

히요리는 내 이름을 지으려고 정말 진지하게 고민했지요. 히요리의 아빠가 농담으로 "겨울 보너스 덕분에 일시불로 샀으니까 '겨울 보너스'라고 지으면 어때?"라고 말하자, 히요리는 깔깔 웃으며 재밌다고 한동안 나를 그렇게 불렀지요.

그리고 어느 날 갑자기 "생각났다!"고 하더니, 내 이름을 '덴'이라 지어주었어요. 고르덴레토리바(일본 발음으로 골든 리트리버 종을 뜻한다)니까 골덴의 '덴'으로 하는 거라고.

'겨울 보너스랑 크게 다르지 않은 걸' 하는 생각이 들긴 했지만, 사실 이름은 무엇이든 상관없었어요. 히요리와 함께 지낼 수 있었으니까요.

나는 히요리와 보내는 겨울을 좋아했어요. 폭신하게 눈이 쌓인 공원의 미끄럼틀을 타고 내려오는 썰매놀이, 나도 히요리도 정말 즐거워했지요. 우리는 큰 소리로 웃으며 몇 번이나 함께 썰매를 타고 내려오곤 했어요.

히요리는 참 잘 웃었어요. 데굴데굴 구르면서 정말로 즐겁게 웃던 그 모습이 잊혀지지 않아요. 나는 히요리가 웃는 모습을 보기만 해도 행복했어요. 정말로 기뻐서 어쩔 줄 몰랐다니까요. 웃다 지친 히요리가 꾸벅꾸벅 조는 모습은 정말 귀여웠지요. 나는 무엇보다 히요리와 함께 있을 수 있다는 것이 가장 행복했어요.

히요리가 결혼한다고 했을 때, 사실 나는 전혀 기쁘지 않았어요. 미안해요…….

'맘에 안 드는 남자다!'

이것이 코우헤이 씨의 첫인상이었지요. 이제까지 히요리를 지키는 건 나였는데, 어느 사이엔가 코우헤이에게 내 역할을 빼앗긴 것 같았으니까요. 잠시지만 히요리에게 서운한 마음이 들기도 했어요. 그때까지는 무슨 일이든 나에게 이야기했었는데, 이제는 코우헤이 씨에게만 이야기를 하니까…… 나는 히요리가 어딘가 멀리 가버린 듯한 느낌이 들어서 좀 외로웠어요…….

이것이 바로 인간 세상에서 말하는 '질투'였다는 것을, 나는 한참 후에야 알았지요. 코우헤이 씨가 미워서 한 달 정도도 코우헤이 씨를 모른 척하고 지내기도 했어요. 혹시 히요리도 알고 있었나요?

코우헤이 씨는 히요리에게만 응석을 부리는 나에게 토라지기도 했지요. 하지만 코우헤이 씨가 속으로는 나를 많이 귀여워해준 거 알아요.

5년 정도 지났을 무렵이었나요? 히요리에게 아기가 생겼던 게. 병원에서 돌아온 히요리의 품에 안겨 있던 아기는 참 작았어요.

"덴은 이제 형이 된 거야. 사이좋게 지내야 한다."

나는 언제나 우유 냄새가 나는 그 작은 녀석에게 호기심이 생겼어요. 나는 그 작은 녀석에게 '치비(작고 귀여운 것)'라고 이름을 붙여주었지요.

치비는 나를 어떻게 생각하고 있었을까요? 치비가 조금 자라면서 내 생활은 완전히 달라졌어요. 걸핏하면 두들기고 꼬리를 잡아당기고 낮잠을 깨우는 것은 기본이었고, 한시도 마음 놓고 잘 수 없는 날들의 연속이었지요. 너무 심하게 장난을 치는 날에는 얼굴 전체를 핥아서 일부러 울린 적도 있었는데……. 그때 일은 사과할게요…….

봄이면 함께 산책을 다니곤 했지요. 치비가 천변 뚝방길에 자라난 쑥잎을 한 아름 따오면 히요리와 함께 쑥떡을 만들었잖아요. 여름이면 치비와 비닐풀장을 서로 차지하려고 쟁탈전을 벌였지요. 치비가 풀장을 혼자 차지하고 있으면, 나는 몸을 부르르 떨어서 치비에게 물이 잔뜩 튀게 했어요. 하지만 치비는 울기는커녕 깔깔대며 재밌어 했지요.

그리고 가을이 되면 솔방울을 주웠어요. 제법 멀리 떨어진 공항 근처 공원까지 나가서 셋이서 솔방울을 한가득 주었지요. 그날 내가 제일 큰 솔방울을 주워 1등이 됐잖아요. 히요리는 종이를 접어 만든 메달을 내 목에 걸어주었지요. 나 정말 기뻤어요.

겨울에는 눈싸움을 하곤 했어요. 치비가 눈덩이를 던지면 내가 입으로 잡는 것이 우리들의 눈싸움 방식이었어요. 입으로 잡는 순간 입 속으로 녹아드는 눈은 정말로 맛있었어요.

히요리, 그거 알아요? 내가 치비를 열심히 보살핀 이유는 히요리의 웃는 얼굴이 보고 싶었기 때문이에요. 물론 치비는 아주 사랑스럽고 귀여운 아기였지만, 나는 내가 치비와 사이좋게 지낼 때 히요리가 행복해하는 얼굴이 정말 좋았어요.

치비는 나랑 둘이 달리기하는 걸 좋아했지요. 물론 내가 훨씬 빨랐고요. 히요리는 "잘한다"고 언제나 칭찬해주었어요. 나는 히요리가 칭찬해주는 것이 좋아서 더 열심히 달렸어요.

물론 첫 번째는 치비에게 양보했어요. 밥도 과자도 나는 두 번째에 만족했지요. 그러면 히요리는 웃으면서 "어른스러운 형이네"라고 칭찬해주었지요.

히요리는 가끔 치비를 야단치기도 했지요. 치비는 "안 돼"라고 주의를 줘도 같은 행동을 몇 번이나 반복하곤 했으니까. 치비는 그때마다 큰소리로 울었지요. 그때 치비는 정말 못말리는 개구쟁이였어요.

하지만 야단을 맞아 울고 있는 치비와 야단치는 히요리를 보고 있으면 나는 왠지 모르게 슬퍼져서, 히요리 몰래 치비에게 내가 가장 아끼는 '점보 뼈 과자'를 나눠주기도 했어요. 점보 뼈 과자를 입에 물고 치비에게 가지고 가면, 치비는 울음을 그치곤 했죠. 치비가 울음을 그치면 히요리도 잠시 쉴 수 있었어요. 그때 내가 히요리를 위해 해줄 수 있는 것은 그것뿐이었지요…….

내 몸이 생각대로 움직이지 않게 된 것은 11살이 되던 때였어요. 전과 달리 산책을 오래 하면 숨이 차오르곤 했지요. 더 이상 빨리 달릴 수도 없었어요. 언제부터인가 치비가 나보다 더 빨리 달리게 되었어요.

결국 그날이 오고야 말았어요. 갑자기 몸이 이상하다고 느끼는 순간, 몸 전체에서 경련이 일어나 한동안 숨도 쉴 수 없었어요. 발작이 일어난 거예요. 한 번 발작이 일어나면 참지 못하고 오줌을 싸버릴 정도였어요.

발작은 보통 낮 시간에 많이 일어났어요. 히요리는 알 수가 없었지요. 낮 시간에는 집에 아무도 없었고 내가 집을 보는 때였으니까요.

어느 날 밤 거실에서 발작을 일으켰을 때, 히요리는 오줌 범벅이 된 나를 끌어안고서 어찌할 바를 몰라 울먹였지요. 히요리는 나를 안고 병원에도 데려가주었지만 "원인을 알 수 없다"는 말만 들어야 했어요…….

사실은 나는 알고 있었어요. 내가 곧 죽는다는 것을. 점점 발작이 일어나는 주기가 짧아지면서, 히요리는 내 걱정으로 줄곧 마음 아파했지요. 나에게는 무엇보다 그것이 가장 힘든 일이었어요.

그 무렵부터는 치비도 나에게 첫 번째를 양보해줬어요. 밥도 과자도 내가 먼저였지요. 치비는 더 이상 나를 두들기지도, 꼬리를 잡아당기지도 않았어요. 치비는 내 몸을 부드럽게 어루만져줄 정도로 철이 들었지요. 치비는 가끔 "엄마한테는 비밀이야"라며 자기 과자를 나에게 나눠줬어요. 히요리의 따뜻한 마음씨를 꼭 닮은 거예요. 나는 정말 기뻤어요.

치비가 따뜻한 아이로 자라주었으니, 이제 내가 없어도 히요리는 괜찮을 거라고, 앞으로도 히요리의 얼굴에서 미소가 사라지는 일은 없을 거라 생각하니 안심이 됐지요.

6월.

그날은 장마철에 흔치 않은 맑게 갠 날이었어요. 나는 평소처럼 베란다에서 햇빛을 쬐고 있었지요. 그때였어요. 최후의 발작이 일어난 것은…….

히요리는 그때 집에 없었어요. 치비는 학교에 갔고 발작이 일어나는 동안 나는 알았어요. 아, 이제 안녕이구나……. 발작이 끝나가자 내 의식도 점점 없어져갔지요. 혼자서 떠나는 것은 무섭지 않았지만, 마지막으로 히요리의 웃는 얼굴이 보고 싶었어요. 히요리가 웃음 짓던 수많은 장면들이 떠올랐어요. 언제나 환하게 웃던 히요리의 웃는 얼굴이 주마등처럼 눈앞을 스쳐갔어요…….

히요리는 저녁이 되어 집으로 돌아왔지만 내가 죽었다는 것을 눈치 채지 못했지요. 평소처럼 잠들어 있다고 생각하는 것 같았어요.

"덴, 밥 먹자."

다정하게 내 이름을 부르며 히요리가 베란다에 왔지요. 히요리는 차갑게 식어 있는 내 몸을 몇 번이고 흔들었어요. 울면서 몇 번이고 몇 번이고 이름을 부르며……. 히요리는 오줌으로 흠뻑 젖은 내 몸을 끌어안았어요. 나는 이제 아무것도 할 수 없었지요. 당신의 눈물을 닦아줄 수도, 히요리의 웃는 모습을 볼 수도…….

"덴…… 덴은 키가 커서 잘 안아줄 수 없었는데, 이제부터는 이렇게 항상 안아줄게……."

히요리는 그렇게 말하며 나의 유골단지를 항상 안아주지요.

히요리, 당신은 항상 말하지요.

나를 혼자 외롭게 죽게 한 것이 미안하다고. 마지막 순간에 덴에게 아무 말도 들려주지 못한 것이……. 마지막 순간에 덴의 곁에 있어주지 못한 것이 너무 미안하다고…….

하지만 히요리, 나는 혼자가 아니었고 외롭지도 않았어요. 나는 새소리를 들을 수 있었고, 내 눈앞에는 푸른 하늘이 펼쳐져 있었어요. 그리고 내 마음 속에는 언제나 히요리가 있었어요. 당신의 웃는 얼굴, 미소 지으며 나를 바라봐주었던 유리창 건너편의 히요리의 얼굴.

언제나 나를 소중하게 대해준 히요리. 히요리의 웃는 얼굴이 보고 싶고, 조금이라도 더 함께 있고 싶고, 그저 그것만으로 행복했던 매일매일. 나는 잊지 않을게요.

"오늘부터 우리는 가족이야."

그렇게 말하며 나를 꼭 안아주었던 그날, 히요리의 모습을.

히요리, 나를 선택해줘서 고마워요.

나와 함께 지내줘서 고마워요.

히요리의 웃는 모습이 나의 가장 큰 행복이었어요.

그러니까…… 이제 울지 말아요. 히요리가 우는 모습을
보는 것이 나는 무엇보다 힘들어요.

그렇게 울고만 있으면, 치비가 걱정하잖아요.

히요리, 우리 언젠가 꼭…… 다시 만나요.

그날까지 언제나 행복하기를.

From
Kotaro
유타로로부터

고마워,
그말로는 부족해

아버지와 둘이 살았던 사쿠라.
너를 처음 만난 건 네가 아주 어릴 때였어.
그로부터 십 년, 사쿠라는 이제 어엿한 어른이 됐지.
우리에게 참 많은 일이 있었어.
사쿠라, 네가 행복하길 바라.

* * *

내 이름은 '유타로'다. 현관 한쪽 모퉁이에 나의 집이 있다. 아버지가 나를 위해 지어주신 멋진 집이다. 가을이 되면, 햇살 향기 가득한 새 짚이 바닥에 깔린다. 이 집은 나에게 최고의 안식처다.

내가 이 집에 온 것은 15년 전, 그때 사쿠라는 겨우 초등학교 2학년이었다.

사랑하는 어머니가 병으로 세상을 떠나자 먹지도 자지도 않고 울기만 하던 사쿠라. 그런 사쿠라를 조금이라도 위로하기 위해 아버지는 나를 가족으로 데려오셨다. 사쿠라는 뭔지 모를 빨간 물건을 등에 짊어지고 매일 아침마다 집을 나섰다.

"사쿠라는 말이지, 매일 학교에 다니고 있단다."

나를 산책시키는 건 사쿠라 몫이었다. 학교에서 돌아오면 나를 데리고 산책을 나갔다. 나는 사쿠라와 함께 하는 산책이 좋았다. 그 시절 거리의 전신주는 모두 나무로 만들어져 있었는데 검고 무지하게 냄새가 많이 나던 전신주에 나도 영역 표시를 하곤 했다.

영역 표시는 나에게 아주 중요한 일이다. 친구들에게 하는 인사였기 때문에 매일 같은 장소에 나의 냄새를 묻혀두어야만 한다. "잘 지내지?"라는 냄새에 "잘 지내"라고 답한다.

"멍멍, 저 앞의 전신주까지!"

나는 신이 나서 뛰어다녔지만 산책을 좋아하지 않는 사쿠라는 늘 빨리 집으로 돌아가고 싶어 했다. 산책을 나가면 우리는 언제나 줄다리기를 했다.

"코타로, 이제 집에 가자……."

사쿠라가 금방이라도 울 듯한 얼굴로 그렇게 말을 하면, 나는 너무 괴로웠다. 사쿠라는 겁이 많았다. 집에서 멀리 떨어진 곳에 가는 것을 무서워했다. 그래서 나는 참아야 했다. 사쿠라를 울릴 수는 없으니까. 나는 사쿠라를 웃게 하기 위해 이 집에 왔으니까. 그것은 아버지와의 약속이니까.

이제 키가 많이 자란 사쿠라는 이번엔 매일 같은 옷을 입고 학교에 갔다. 그 무렵부터 사쿠라와 아버지 사이에 자주 말싸움이 벌어지곤 했다. 쌀쌀맞고 반항적인 사쿠라의 태도에 아버지는 항상 난처해했다.

"저 나이 때의 여자아이들은 어떻게 대해야 하는 건

지…… 너무 어렵구나."

나는 아버지의 마음을 이해할 수 있었다. 아버지는 줄곧 노력해왔다. 어머니를 대신해서 요리도 세탁도 모두 열심히 했다. 그리고 언제나 변함없이 사쿠라를 사랑했다.

하지만 사쿠라는 변해버렸다. 말하자면, 어른이 된 것이다. 산책을 나서도 사쿠라는 그다지 즐거워 보이지 않았다. 산책용 리드로 바꿔 다는 순간부터 "빨리 돌아가고 싶다"는 사쿠라의 마음이 나에게 전해졌다.

사쿠라는 어두워져서야 집에 돌아오는 날이 많아졌다. 밤에는 늦게까지 방에 불이 켜 있었다. 대학시험이라는 것을 준비한다고 했다. 아쉽지만 내가 해줄 수 있는 것이 없었다. 할 수 있는 것이라곤 산책 시간을 짧게 끝내는 것 정도였다. 조금이라도 빨리 집으로 돌아오는 것밖에는…….

대학시험이 끝나던 날, 사쿠라가 말했다.

"코타로, 오늘은 좀 더 멀리까지 가보자!"

따뜻한 햇살을 받으며, 사쿠라와 천변을 따라 이어지는 뚝방까지 가보았다. 처음으로 먼 곳까지 가게 되자 나는 흥분했다. 사쿠라도 기분이 좋은지 콧노래를 부르며 걸었다. 콧노래를 부르는 사쿠라, 처음으로 와본 새로운 산책길, 나는 정말 기뻤다. 경쾌한 발걸음으로 사쿠라의 보폭에 맞추어 걸었다. 커다란 다리 옆에서 우리는 잠시 쉬기로 했다. 사쿠라는 뚝방에 드러누워 깊게 심호흡을 했다. 기분이 좋아 보였다.

"코타로…… 내일이 합격 발표를 하는 날이야. 꼭 합격하면 좋겠어. 이 마을을 떠나고 싶지 않아. 아버지를 두고 갈수는 없는 걸. 집에 아버지 혼자 둘 수는 없어. 외로워하실 거야……."

그렇게도 아버지에게 쌀쌀맞던 사쿠라, 속으로는 사실 아버지를 많이 걱정하고 있었던 거야. 왜 좋아하면서 좋아한다고 말하지 않는 거지? 우리 개와는 달리 인간은 말을 할 줄 알면서. 나는 이해할 수 없었다. 우리는 아주 오랜만에 여유로운 시간을 만끽했다…….

"코타로, 합격이야!"

다음 날 사쿠라는 그렇게 소리지르면서 나를 꼭 안았다.

"잘했다. 축하한다. 벌써 대학생이라니…… 시간 참 빠르구나."

눈물을 글썽이며 아버지가 말했다. 어느새 아버지의 검은 머리는 하얗게 변해버렸다. 분명 아버지가 가장 기쁘실 거야. 나는 아버지 옆으로 다가가서 가만히 기댔다.

그날 이후 사쿠라는 발걸음도 가볍게 나와 산책을 해주

었다. 일주일에 한 번은 '탐험 산책'에 나섰다. 나와 사쿠라는 처음 가보는 곳에서 많은 신사(神社)와 공원을 발견했다. 새로운 길로 새로운 곳을 찾아나가는 탐험 산책.

사쿠라는 무서워하지 않고 앞으로 앞으로 거침없이 나아갔다. 눈물을 글썽이며 "집으로 돌아가자"고 말하던 사쿠라는 이제 없었다. 사쿠라는 어느새 성숙한 여성이 돼 있었다. 그리고 마치 어머니 같은 말투로 아버지와 이야기를 나누었다.

"이렇게 해라 저렇게 해라, 잔소리가 상당히 많아졌어……."

아버지는 웃음을 지으며 사쿠라를 따뜻한 눈으로 바라보았다.

"유타로, 탐험을 떠나자!"

그날도 여느 날과 같았다. 우리는 처음 가보는 길을 선택하고, 서슴없이 앞을 향해 걸어갔다. 사람이 붐비는 상점가에 들어섰다. 단단하고 차가운 콘크리트로 만들어진 전신주가 있었다. 나는 "처음 뵙겠습니다" 표시를 하려고 잠시 멈춰보려 했지만, 사쿠라는 콧노래를 부르며 가볍게 걸어가고 있었다.

'안 되겠다. 다음 전신주에 표시를 해야 하나…….'

그렇게 생각한 순간, 교차로에서 맹렬한 속도로 차가 달려왔다. 그리고 가벼운 발걸음으로 내 앞을 걷고 있던 사쿠라가 갑자기 사라졌다. 주변을 둘러보니 도로 한가운데에 사쿠라가 쓰러져 있었다. 나는 지금까지 한 번도 해본 적 없는 큰 소리로 정신없이 짖었다.

　'뭐가 어떻게 된 거지!?'

　나는 계속 짖었다. 사람들이 사쿠라 주위에 모여들었다. 응급차라는 말이 들려왔다. 그리고 사쿠라의 목소리가 희미하게 들려왔다. 사쿠라는 내 이름을 부르고 있었다. 나는 사쿠라의 얼굴을 핥았다.

　'나 여기 있어! 사쿠라…….'

　사쿠라의 눈에서 눈물이 흘렀다. 내 이름을 부르며 사쿠라는 울고 있었다.

　"미안해……."

　그렇게 말하면서 사쿠라는 울었다. 네가 왜 미안하다는 거야? 미안해야 하는 쪽은 나라고. 내가 그때 전신주에 '안녕하세요' 하고 인사를 했더라면 좋았을 텐데. 그랬다면 사쿠라에게 이런 일이 일어나지 않아도 되었을 텐데……. 미안해, 미안해…… 사쿠라. 부탁이니까 제발 울지 마.

　'사쿠라, 일어나. 어서, 함께 집에 가자. 집에 가자…….'

나는 사쿠라의 옷을 잡아당겼다. 집에 데려가야 해. 아버지가 걱정하서. 나는 온 힘을 다해 사쿠라의 옷을 잡아당겼다. 그때였다. 나를 안아 올리는 사람이 있었다.

"괜찮아. 괜찮을 거다."

누군가 그렇게 귓가에서 조용히 타이르며 나를 진정시켰다.

"나는 의사란다. 내가 네 누나를 낫게 해줄 테니까 걱정 말아라."

그 사람은 그렇게 말하면서 사쿠라와 함께 구급차를 타고 병원으로 가버렸다. 나는 떨림이 멈추지 않았다.

한 달 정도 지나서야, 사쿠라는 우리 집으로 돌아올 수 있었다.

하지만 그 사고의 후유증으로 사쿠라는 다리를 자유롭게 움직일 수 없었다. 절뚝절뚝 천천히 걷는 사쿠라를 바라볼 때마다 가슴이 아팠다. 사쿠라가 웃을수록 내 가슴은 더욱 아팠다. 대신 해줄 수 있는 것이라면 대신 해주고 싶었다. 나는 스스로를 책망하고 있었다. 그때를 생각하기만 해도 언제나 몸이 떨렸다.

다리가 불편했지만 사쿠라는 대학을 다니고 졸업까지 했다. 졸업을 하기 위해 4년 동안 사쿠라는 많은 노력을 했다. 하지만 불편한 다리 때문에 많은 일들을 포기해야 했고, 많은 것을 참아야만 했다.

사쿠라는 가끔 혼자 울기도 했다. 부엌에서 설거지를 하면서 우는 사쿠라의 뒷모습을 볼 때면, 나는 그저 사쿠라의 발 옆에 몸을 누이고 가만히 곁에 있어주는 것밖에 해줄 것이 없었다. 그러나 나쁜 일만 있던 것은 아니었다.

"코타로, 사쿠라의 다리를 고쳐주신 선생님이시란다. 호리 선생님이야."

어느 날 사쿠라는 그렇게 말하며 그를 소개했다. 사고가 나던 날, 나를 안아주었던 사람이다. 호리 선생님은 사쿠라가 퇴원한 후부터 종종 집에 찾아오곤 했다. 호리 선생님이 오면, 사쿠라의 얼굴에는 웃음이 가득했다. 지금까지 한 번도 본 적 없는 웃음이었다. 호리 선생님도 사쿠라의 웃는 모습을 보며 행복해했다. 사쿠라가 대학교를 다니는 동안 호리 선생님은 계속 사쿠라에게 용기를 북돋아주었다.

행복하게 웃는 사쿠라를 보면서 나는 조금 안심이 되었다. 그럼에도 사고 나던 날의 일들이 생각날 때면, 내 몸은 여전히 떨려왔다. 나는 시간이 흘러도 자책하는 마음을 거둘 수 없었다.

그러던 어느 날, 덜덜 떠는 나를 꼭 껴안으며 사쿠라가 말했다.

"코타로…… 괜찮아. 사쿠라가 이렇게 된 것은 코타로 때문이 아니야. 누구 탓도 아니란다……. 그러니까 코타로, 이제 두려워하지 마. 사쿠라는 지금 무척 행복하니까."

그날 이후, 내 떨림은 멈추었다.

그로부터 1년.

사쿠라가 내일 결혼을 한다. 호리 선생님과.

결혼식 리허설을 하던 날, 사쿠라는 웨딩드레스 입은 모습을 나에게 보여주었다.

"코타로! 나 어때? 예뻐?"

나는 깜짝 놀랐다. 아름다웠다……. 나이를 먹어서 앞이 잘 보이지 않는 내 눈으로도 확연히 알아볼 수 있을 정도로 사쿠라는 정말로 아름다웠다.

나는 어린 시절 작고 귀여웠던 사쿠라를 떠올렸다. 크게 발자국 소리를 내며 집으로 달려오던 사쿠라. 멀리 가는 것을 무서워하고 눈물을 글썽이던 사쿠라. 그렇게 작았던 사쿠라가 어여쁜 신부가 된 것이다. 나는 빛나는 사쿠라의 모습을 바라보면서 천천히 꼬리를 흔들었다.

사쿠라, 축하해.

From
Chibi
치비로부터

우리 다시
힘을 내요!

사고로 일을 그만두어야 했던 야마모토 씨,
그날 이후로 야마모토 씨는
살아갈 의욕을 잃고 말았다.
나는 그 옆을 지키는 것밖에 할 수 없었지만,
그 멋진 만남이
야마모토 씨를 다시 건강하게 만들어주었다.

* * *

    나의 주인인 야마모토 씨는 집을 짓는 목수였다. 아침부터 밤까지 땀을 뻘뻘 흘리며 일을 했고, "지도에 내가 열심히 지은 집이 새로 표시되는 것이 너무나 뿌듯하다"고 말할 정도로 자기 일을 사랑하는 성실한 사람이었다.

    야마모토 씨는 나와 단 둘이 살았다. 야마모토 씨는 나를 '치비'라고 불렀다. 아무리 피곤에 지쳐서 집에 돌아오는 날에도 나와 산책을 나가주는 다정한 주인이었다.

    "치비, 그럼 가볼까!"

    산책을 마치면 둘이서 저녁식사를 했다. 야마모토 씨의 저녁 메뉴는 늘 맥주와 안주 한 접시였다. 야마모토 씨는 늘 안주를 조금씩 남겨 나에게 나누어주었다. 내가 가장 좋아하는 것은 치쿠와(구멍 뚫린 대롱 모양의 어묵). 언젠가 치쿠와 한 봉지를 통째로 먹어보는 게 내 꿈이다.

    야마모토 씨는 야구를 좋아했다. 텔레비전에서 좋아하는 팀의 야구 중계가 시작되면, 한 손에 메가폰을 잡고 응원에 정신이 팔렸다. 때로는 나에게 야구 규칙을 가르쳐주기도 했다. 나는 맥주를 마시며 메가폰을 흔들어대는 야마모토 씨를 보기만 해도 좋았다.

두 손을 번쩍 들고 기뻐하기도 하고 풀이 죽어 심각한 표정을 짓기도 하고…… 야구를 보는 야마모토 씨는 마치 롤러코스터 같았다.

우리 집 근처에는 큰 학교가 있었다. 아침에 한 번, 오후에 한 번 이 학교를 다니는 학생들이 우리 집 앞으로 지나간다. 나는 이 등하교 시간을 무척 좋아했다. 학생들이 나에게 반갑게 인사를 건네거나 머리를 쓰다듬어주었기 때문이다. 나는 이런 일상이 너무 행복했다.

어느 날 오후 평소처럼 집 앞에서 학생들의 귀가를 바라보고 있었다. 한 남자아이가 책을 읽으면서 걸어갔다.

'위험한데…….'

그런 생각을 한 순간, 그 남자아이가 길에서 미끄러져 넘어지고 말았다.

'거봐, 그럴 줄 알았다니까…….'

남자아이는 일어서면서 내 쪽을 보았다. 눈이 마주치자 어쩐지 미안한 마음이 든 나는 눈을 피하고 말았다. "왕!(괜찮냐!)" 하고 물어볼 걸 그랬나? 그런 생각을 했지만, 남자아이는 그대로 달려가버렸다.

오늘은 야마모토 씨의 귀가가 늦네 하는 생각이 들 때쯤 집 앞에 트럭 한 대가 멈춰 섰다. 트럭에서 내린 사람은 야마모토 씨의 친구인 요시다 씨였다.

"야마모토 씨가 일하다가 지붕에서 떨어져버렸어. 아까 병원으로 실려갔다 아이가. 입원해야 할 것 같으니까네, 며칠 동안 치비 혼자 집을 봐야 한데이."

요시다 씨는 내 밥그릇에 사료를 산처럼 부어주고는 바로 돌아가버렸다. 무슨 일이 생겼다는 것인지 이해가 잘되지 않았다. 나는 바보처럼 입을 헤 벌린 채 트럭이 사라지는 모습을 지켜보았다.

그날 이후 한동안 나는 혼자서 집을 지켰다. 상당히 오랜 시간 혼자인 느낌이 들었다. 야마모토 씨가 없으니까 나는 매일이 따분했다. 그날 길에서 넘어졌던 그 남자아이는 매번 집 앞을 지날 때마다 나를 힐끔힐끔 바라보았다. 어쩐지 신경이 쓰여서 나도 함께 바라보았다. 야마모토 씨처럼 피부색이 까맣고 튼튼한 체격의 남자아이였다.

2주 정도 지났을 때, 드디어 야마모토 씨가 집으로 돌아왔다. 하지만 야마모토 씨는 그 사고 때문에 다리를 자유롭게 움직일 수 없는 몸이 되었다. 야마모토 씨는 일도 그만둬야 했다. 야마모토 씨의 삶에서 그토록 좋아했던 일도 맥주도 야구도 그리고 웃음도 사라져버리고 말았다…….

밤이 되면, 야마모토 씨는 혼자서 조용히 흐느껴 울곤 했다. 내가 알아채지 못하도록 이불을 뒤집어쓰고…….

나는 느낄 수 있었다. 야마모토 씨의 슬픔을, 그가 너무 슬퍼서 어찌할 바를 모르고 있다는 것을, 눈물이 멈추지 않을 정도로 마음에 슬픔이 넘쳐흐르고 있다는 것을……. 하지만 내가 할 수 있는 일이라고는 조용히 야마모토 씨의 옆을 지키는 것뿐이었다.

야마모토 씨는 집에 돌아온 이후 매일 마루에 멍하니 앉아 시간을 보냈다. 그러나 야마모토 씨에게는 좋은 친구들이 있었다. 다리를 쓰지 못하는 야마모토 씨가 외출을 하기 어려워지자 이웃 아저씨와 아주머니, 함께 일하던 요시다 씨 그리고 다른 목수 아저씨들이 매일같이 야마모토 씨를 보러 와주었다.

"반찬을 억수로 마이 만들었다 아이가. 묵어보래이."

"맛있어서 사왔다. 같이 묵자."

모든 사람들이 그렇게 한 마디씩 하면서 야마모토 씨에게 줄 음식을 싸가지고 왔다.

사람들이 집으로 돌아갈 때면, 야마모토의 눈시울은 언제나 붉게 물들었다. 그리고 입버릇처럼 혼잣말을 했다.

"세상에서 친구만큼 소중한 게 없다카이."

그런데 나는 야마모토 씨에게 해줄 수 있는 일이 하나도 없었다.

'야마모토 씨…… 미안해요.'

그러던 어느 날 평소와 다름없이 마루에 앉아 멍하니 시간을 보내고 있던 야마모토 씨에게 한 고등학생이 찾아왔다. 길에서 넘어졌던 그 남자아이였다.

"저기요, 아저씨. 제가 아저씨네 개랑 산책 다녀와도 됩니꺼?"

야마모토 씨는 당황했다.

"어, 그… 그래. 고맙데이."

"예, 제가 개를 너무 좋아해서예. 전부터 친해지고 싶었다 아닙니꺼. 아, 제 이름은 케이타라고 합니더. 요 앞 고등학교에 다녀예."

야마모토 씨와 케이타의 첫 만남이었다.

그날 이후 케이타 군은 날마다 우리 집에 들러 나를 데리고 산책을 갔다. 나와 함께 걸어가는 케이타 군을 보면서 이웃의 아저씨와 아주머니들은 "치비, 좋은 친구가 생겼네"라며 말을 걸어주었다. 케이타 군은 그때마다 "저는 케이타라고 합니더. 저기 고등학교에 다녀요"라고 깍듯하게 인사를 했다.

처음에 야마모토 씨와 케이타 군은 서로 어색해 하며 이야기도 잘 나누지 않았다. 그러다 점점 마루에 함께 앉기도 하고 조금씩 이야기를 나누는 시간도 늘어갔다. 벽에 걸려 있는 야구 메가폰을 발견한 케이타 군이 물었다.

"아저씨, 야구 좋아하십니꺼?"

그 말이 계기가 되어 두 사람은 점점 친해졌다. 오랜만에 야구 이야기를 하는 야마모토 씨의 눈에서 환하게 빛이 났다. 야마모토 씨는 케이타 군을 꼭 아들처럼 귀여워했다. 이웃 사람들도 야마모토 씨의 친구들도, 모두가 케이타 군을 좋아했다. 케이타 군이 나타나기만 해도 모두의 얼굴에는 웃음이 번졌다. 케이타 군은 사람들을 웃게 하는 밝고 따뜻한 소년이었다.

케이타 군은 학교가 쉬는 날에도 빼먹지 않고 와주었다. 점심 때 오는 날도 있었고, 해질 무렵에 오는 날도 있었다.

"저기 아저씨, 치비 집이 마이 낡았던데……. 목수일 가르쳐주지 않을랍니꺼? 지가 새로 만들어주고 싶습니더."

어느 날 케이타 군이 그런 말을 꺼내자, 야마모토 씨는 펄쩍 뛸 듯이 기뻐했다.

"좋지. 그럼 한 수 가르쳐보까!"

신나서 소매를 걷어 올리는 야마모토 씨. 정말 오랜만에 활기찬 모습의 야마모토 씨를 보자 나도 기뻤다. 케이타 군은 기뻐하는 우리 모습을 보면서 싱글싱글 웃고 있었다.

다음날 요시다 씨가 작업장에서 쓰지 않는 목재들을 가지고 왔다.

"미안테이. 고맙데이."

"별 소리를 다 한다. 더 필요하면 언제든지 말해라마!"

요시다 씨는 목재를 내려놓고 웃으며 돌아갔다.

"세상에서 친구만큼 소중한 게 없다카이."

야마모토 씨는 언제나처럼 혼잣말을 하면서 내 머리를 힘차게 어루만졌다. 나는 대답으로 꼬리를 흔들어 보였다.

바로 그 주말부터 내 집 짓기가 시작되었다.

"거기를 잡으면, 손가락 다친데이."

"아이 아이다, 그라믄 안 된다. 이래 하는 기다."

야마모토 씨는 정성을 다해 케이타 군을 가르쳤다. 톱을 당기는 방법, 못을 박는 방법까지 하나하나 꼼꼼하게 가르쳤다. 말투는 엄했지만, 눈은 언제나 즐겁게 빛났다. 그러면서 야마모토 씨의 저녁 맥주 한 캔의 습관도 다시 시작되었다. 마음이 기쁘면 몸도 좋아지는지, 야마모토 씨는 어색하고 서툰 걸음걸이지만 시장을 보러 가기도 하고, 가끔 요리를 할 정도로 건강해졌다.

그리고 드디어 즐겁게 야구를 보던 야마모토 씨로 돌아왔다. "다음은 스트라이크 던져봐라!"고 말하며, 흥분해서 메가폰을 흔드는 야마모토 씨의 모습. 얼마 전까지만 해도 그 모습을 다시 보게 되리라고는 생각하지 못했다. 그 무렵부터 야마모토 씨는 더 이상 울지 않았다. 잠자리에 들면 바로 잠에 빠질 정도로 매일매일이 너무 즐거운 것 같았다.

한 주 한 주 지날수록 형태를 갖춰가는 나의 집, 그 모습이 대견한지 흐뭇한 미소를 띠며 바라보는 야마모토 씨. 케이타 군은 양손에 굳은살이 생길 정도로 열심이었다. 하루는 케이타 군이 산책을 하면서 나에게 이렇게 말했다.

"아, 그러고 보니 며칠 후에 아저씨 생일 아이가? 치비야, 우리 아저씨를 위해 서프라이즈 하나 해보까!"

케이타군의 눈이 빛나고 있었다.

산책을 마치고 돌아오자마자 케이타 군은 곧바로 아이디어를 짜내기 시작했다. 야마모토 씨의 친구들과 이웃 아저씨, 아주머니도 함께 모여 상의를 했다.

'나는 뭘 하면 좋을까? 나도 뭔가 할 수 있는 게 있을까?'

케이타 군은 마치 내 마음속에 들어와 보기라도 한 것처럼 내 머리를 부드럽게 어루만지며 말했다.

"치비는 언제나처럼 그냥 그대로 있으면 충분한기다. 치비는 특별한 존재니까."

나는 야마모토 씨를 위해 할 수 있는 일이 하나도 없는 걸까…… 조금이지만, 나는 외로워졌다.

1주일 뒤.

야마모토 씨의 생일날이 되었다. 아침부터 마음이 들뜨고 설렜다. 대체 어떤 일이 준비되어 있을까? 너무 들뜬 나머지 야마모토 씨가 눈치채버릴까봐 걱정이 될 정도였다.

점심 전에 작전대로 요시다 씨가 찾아왔다.

"야마모토, 잠깐만 현장에 얼굴 좀 비춰주면 안 되겠나? 역시 야마모토가 마감을 한번 봐줘야 할 거 같은데."

야마모토 씨는 "할 수 없지. 가보자"라고 투덜대면서 따라나섰다. 야마모토 씨가 나가자 사람들이 집으로 모여들었다. 야마모토 씨가 제일 좋아하는 요리들로 상을 차리고 시원한 맥주로 냉장고를 꽉 채웠다. 케이타 군은 벽에 플래카드를 걸었다.

『아저씨! 생일 축하해요!』

테이블 위에는 마을 공터에 피어 있던 하얀 마가레트(국화과에 속하는 다년생 식물로 여름에 흰 꽃이 핀다)로 장식했다.

준비 완료.

모두 야마모토 씨가 돌아오기만을 기다렸다. 현관 앞에 트럭 엔진이 꺼지는 소리가 나고, 야마모토 씨가 들어왔다.

"야마모토 씨! 생일 축하해요!"

야마모토 씨는 순간, 이게 무슨 일이야? 하는 표정이었지만, 금방 알아차린 모양이었다. 야마모토 씨의 얼굴이 점점 일그러지더니 눈에서 눈물이 뚝뚝 떨어졌다.

"모두 고맙다. 정말 고맙데이. 나는 몸이 이래 되고부터 줄곧 힘들었어. 일도 할 수 없는 나 같은 거 죽어버리는 게 나을까 하고…… 이렇게 기쁜 날이 있으리라고는 생각지도 못했는데. 고맙데이. 살아 있어서 다행이야. 모두들, 정말 고맙데이……."

야마모토 씨 얼굴이 눈물로 범벅이 됐다. 다른 사람들도 모두 눈물을 흘리고 있었다.

"아저씨, 앞으로도 저한테 목수일 가르쳐주실 거죠? 앞으로도 잘 부탁드립니더!"

케이타 군의 따뜻한 말 한 마디.

야마모토 씨는 케이타 군의 손을 잡고, 울고 또 울었다.

'정말 다행이에요…… 야마모토 씨. 케이타 군이랑 내가 야마모토 씨 옆에서 도와줄게요. 우리 다시 힘을 내봐요.'

언제나 네가 행복하길 바라.
부드럽고 따뜻한 너에게 안길 때면,
내 마음은 행복으로 가득 차올랐단다.

손을 잡아주렴.
그렇게 내미는 나의 손을 너는 꼬옥 붙잡아주었지.
나를 바라보는 너의 따뜻한 눈동자.
넓고 넓은 이 세상에서 너와 만났다.

너와 걸었던 이 길.
너와 함께 바라보던 이 푸른 하늘.

고마워. 그 말로는 부족해.
너를 만날 수 있어서, 정말로 다행이야.
나는 그것만으로도 행복했었다.
앞으로도 언제나 함께할 수 있기를…….

개에게 듣는 멋진 이야기
나에게 와줘서, 정말 고마워

1판 1쇄 인쇄 2014년 2월 25일
1판 1쇄 발행 2014년 3월 5일

지은이 야마구치 하나
옮긴이 오나영
펴낸이 고영수

기획편집 장선희 양춘미 이선일
마케팅 유경민 김재욱 | **제작** 김기창
총무 문준기 노재경 송민진 | **관리** 주동은 조재언 신현민

펴낸곳 청림Life | **출판등록** 제2010-000315호
주소 135-816 서울시 강남구 도산대로 38길 11번지(논현동 63)
       413-120 경기도 파주시 회동길 173(문발동 518-6번지) 청림아트스페이스
전화 02)546-4341 | **팩스** 02)546-8053
홈페이지 www.chungrim.com | **이메일** Life@chungrim.com
블로그 cr_Life.blog.me | **페이스북** www.facebook.com/chungrimLife
트위터 @chungrimLife

이 책은 저작권법에 따라 보호를 받는 저작물이므로
무단 전재와 무단 복제를 금지하며, 이 책 내용의 전부 또는 일부를 이용하려면
반드시 저작권자와 청림Life의 서면 동의를 받아야 합니다.

일러스트 봄례 | **윤문교열** 윤은주 | **디자인** Design co∗kkiri

ISBN 978-89-97195-44-2 13830

* 책값은 뒤표지에 있습니다. 잘못된 책은 바꾸어 드립니다.
* 청림Life는 청림출판㈜의 논픽션 · 실용도서 전문 브랜드입니다.